KB120887

빛을 향하여 27

# 꿈꾸는 여자가 아름답다

꿈꾸는 여자가 아름답다

초판 1쇄 인쇄일 2014년 11월 1일
초판 1쇄 발행일 2014년 11월 7일

**엮은이** 이선재
**펴낸이** 양옥매
**교정** 김인혜

**펴낸곳** 도서출판 책과나무
**출판등록** 제2012-000376
**주소** 서울특별시 마포구 월드컵북로 44길 37 천지빌딩 3층
**대표전화** 02.372.1537 **팩스** 02.372.1538
**이메일** booknamu2007@naver.com
**홈페이지** www.booknamu.com
ISBN 979-11-85609-87-4(03810)

이 도서의 국립중앙도서관 출판시도서목록(CIP)은 서지정보유통지원 시스템 홈페이지(http://seoji.nl.go.kr)와 국가자료공동목록시스템 (http://www.nl.go.kr/kolisnet)에서 이용하실 수 있습니다.
(CIP제어번호 : CIP2014031133)

*저작권법에 의해 보호를 받는 저작물이므로 저자와 출판사의 동의 없이 내용의 일부를 인용하거나 발췌하는 것을 금합니다.

*파손된 책은 구입처에서 교환해 드립니다.

빛을 향하여 27

# 꿈꾸는 여자가 아름답다

이선재 엮음

책과나무

우리가 책과 펜을 가질 수 있게 해주세요. 펜은 가장 강력(强力)한 무기(武器)입니다. 한 명의 어린이가 한 사람의 교사(教師)가 한 권의 책이 한 자루의 펜이 세상(世上)을 바꿀 수 있습니다.

이 말은 금년도(今年度) 노벨평화상(平和賞)을 사티아르디와 공동(共同)으로 수상(受賞)한 파키스탄의 17세 소녀(少女) 말랄라 유사프자이가 2013년 7월 유엔총회 연설에서 여성(女性)에게 교육권(教育權)을 달라고 호소(呼訴)하면서 한 말입니다. 맞는 말입니다. 참으로 장한 소녀입니다.

어린이든 성인(成人)이든 교육을 받지 못한 사람이 없는 세상이 하루 빨리 와야 합니다. 교육권은 국민(國民)의 기본권(基本權)이며 인권(人權)이고 행복추구권(幸福追求權)이기도 합니다.

우리의 현실(現實)은 어떠합니까? 학령자(學齡者)인 청소년(靑少年) 교육은 선진국(先進國) 수준(水準)입니다. 그러나 우리나라가 한강(漢江)의 기적(奇蹟)을 이룰 수 있게 뒤에서 자신(自身)의 꿈을 접고 일하고 일했던 세대(世代)들 중에 초, 중, 고등학교 과정(過程)의 공부를 하지 못했던 분들이 많습니다. 그들 중 7,80%가 여성이라고 합니다. 이제 이분들에게도 교육의 기회(機會)가 마련되어 지식정보화사회(知識情報化社會)를 더불어 살아가는데 어려움이 없도록 국가(國家)와 사회가 도와드려야 합니다.

복지(福祉) 선진국에서는 시니어 세대에게 특별지원제도(特別支援制度)를 마련하여 별도의 전형(銓衡) 절차(節次)를 만들고 수업료(授業料)도 50%를 부담(負擔)해 준다고 합니다. 부러운 일입니다.

우리에게도 성인교육에서 이런 날이 하루 빨리 와 주기를 기대해 봅니다.

여기에 시대의 빠른 변화에 부응(副應)하기 위하여 시대 탓, 부모 탓, 여건 탓 하지 않고 평생학습을 실현하기 위해 스스로 모인 사람들이 있습니다. 바로 성인을 대상으로 하는 양원초등학교 · 양원주부학교 · 일성여자중고등학교의 학생들입니다.

이들은 필요한 기본 과목도 배우고, 실생활에 유용(有用)한 생활교육도 받고, 배운 지식을 사회에서 활용하는 적응 교육도 받고 있습니다. 얼마나 다행스럽고 고마운지 모르겠습니다.

이 분들이 재학하고 있는 양원초등학교 · 양원주부학교 · 일성여자중고등학교 학생들이 학교생활과 사회생활에서 체험(體驗)한 순박(淳朴)하고 진솔(眞率)한 외침을 모아서 '빛을 향하여' 27권 〈꿈꾸는 여자가 아름답다〉를 펴내게 되었습니다.

이 책이 같은 처지의 사람들에게는 용기와 희망을, 그 외 사람들에게는 열심히 살아가는 그들의 성실한 모습에서 자신들의 입장이나 처지를 되돌아보는 계기(契機)가 되었으면 하는 바람입니다.

사람이 배우지 아니하면 캄캄한 밤길을 가는 것과 같고, 열심히 배우면 밝은 태양 빛이 비추는 대낮을 걷는 것과 같습니다.

뜻이 있는 분들은 망설이지 말고 용기를 내어 평생교육 열차(列車)에 동승(同乘)하셔서 광명(光明)의 빛을 향해 출발해 주실 것을 부탁드립니다.

끝으로 이 책이 나오기까지 원고를 모아 정리하느라 많은 수고를 해 준 김인숙, 임정희, 천경아 선생님과 교직원 여러분에게도 감사의 말씀을 드립니다.

2014년 10월

일성 · 양원학교장 이선재

| 축 시 |

# 시, 언덕 위의 집

**홍금자 | 시인**
**한국문협 평생교육원 교수**

먼 길 걸었다
그 길 위에서
누군가 옷깃을 잡았다

하마터면 잃어버릴 뻔한 빛의 길
그토록 갈망하던 배움의 길

잎 지고 찬바람 불던
지친 삶의 모퉁이
혼자 견딜 수밖에 없었던
긴 불면의 시간들
이제 나는 깨어 작은 목소리로
시를 노래한다

목말랐던 세월
고독 속에 갇혔던 언어들이
여기저기서 꽃을 피운다

누구하고도
말동무 없이 지내던 저 친구
드디어 입을 열었다
지난밤엔 시를 쓰느라
밤을 밝혔고
오늘은 시낭송 하느라
하루를 보냈단다

가슴에 문학의 보따리
하나씩 안고
까만 어둠을 물린다

시, 언덕 위의 집
거기 문학과 지혜의 샘터가 있다
목을 축인다
배고플 때 마시던
생수 한 모금처럼.

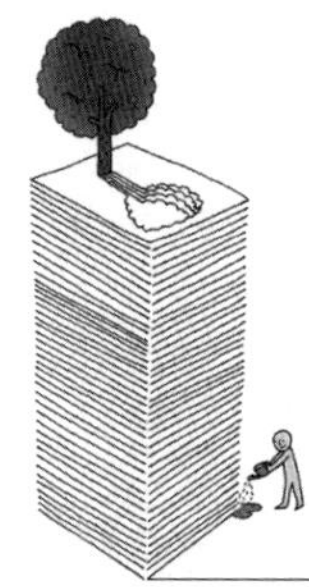

# 1부

# 꿈을 찾아 걸어가는 길

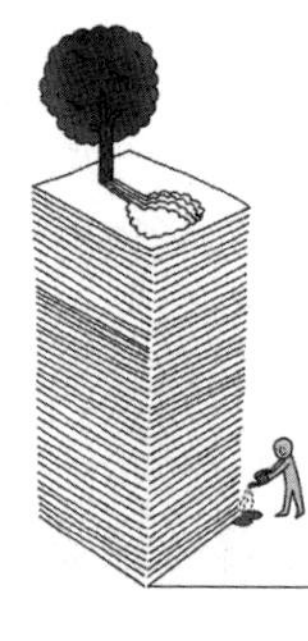

# 2부 행복한 배움터

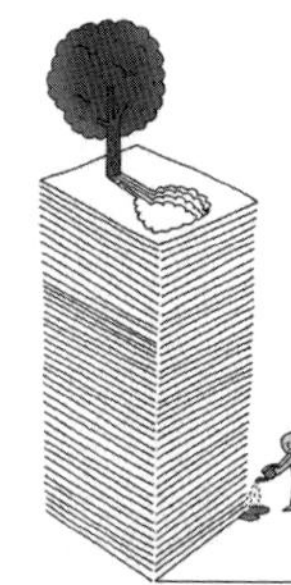

# 3부 꽃으로 피어나는 제2의 인생

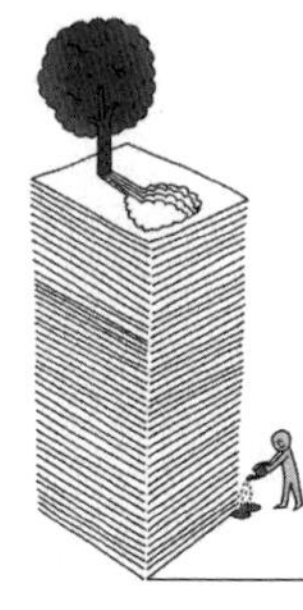

# 4부
# 배움으로 채워가는 아름다움

# 1부
# 꿈을 찾아 걸어가는 길

# 공부를 하고 싶습니다

**이유덕**

저는 1948년 12월에 전라남도 무안군에서 태어났습니다. 7남 2녀 중 첫째로 태어나 가정 형편상 학교를 다니지 못하고 돈을 벌었습니다.

스무 살에 서울로 올라와 사회생활을 하는데 글을 모른다는 것이 매우 불편하였습니다. 은행을 가기도 힘들고, 지하철을 타는 것도 어려웠습니다. 저에게 배움은 매우 절실했습니다. 하지만 아이들을 키우고 시어머님을 모시고 시동생들을 보살피며 장사를 하는 저에게 배울 시간과 돈은 허락되지 않았습니다.

배울 수만 있다면 잠자는 시간을 쪼개서라도 공부를 해야겠다는 각오로 쉰 살이 넘어서야 한글을 배우기 시작했습니다. 하지만 여전히 공부할 시간은 부족하고 학원을 다니다 쉬다 반복하였습니다. 그러나 실력은 좀처럼 향상되지 않았습니다. 그러는 사이에 아이들은 커서 시집, 장가를 가고 손자, 손녀를 보게 되었습니다. 그때부터 허전했던 제 가슴은 다시 더 배워야겠다는 의욕이 샘솟기 시작했습니다.

주변에서 말하기를 "공부는 때가 있다."라고 합니다. 드디어 저도 양원학생이 되어 공부를 해 보니 나이가 들어서인지 공부하는 것이 매우 어렵습니다. 초등학교에 입학한 늦둥이 조카는 하루가 다르게 한글을 떼고 구구단을 외우며 책을 읽습니다. 하지만 저는 아직도 텔레비전에 나오는 자막을 읽기도 어렵고 책을 틀리지 않고 읽기가 힘이 듭니다.

그래도 공부를 하고 있으면 재미있고 보람도 있습니다. 그리고 이제는 저도 초등학교를 떳떳이 다니게 되어 매우 기쁩니다. 양원은 제 평생의 꿈이자 행복을 선물해 준 은인 같은 곳입니다. 저에게 공부의 꿈을 이루게 해 주신 교장 선생님과 정성으로 가르쳐 주시는 담임 선생님께 크나큰 감사를 드립니다.

비록 늦은 나이지만 나도 할 수 있다는 희망과 꿈이 생겨서 매일 눈 뜨는 아침이 기다려집니다.

# 달라지는 내 모습

**오순금**

해마다 3월이 되면 우리 동네 학교에서도 입학식을 하였습니다. 그러나 어느 해에도 저는 입학식에 가지 못했습니다. 초등학교 1학년 나이 때 친구들이 엄마 아빠 손잡고 입학식에 가는 것을 보고 부러워만 했습니다. 평생 학교에는 갈 수 없을 거라고 생각했는데 저에게도 행운이 찾아왔습니다.

꿈에도 그리던 학생을 만들어 준 양원초등학교를 만난 것입니다. 그리고 금년 3월 입학식에서 초등학교 1학년이 되었다고 인정을 받았습니다. 입학식 날 설레는 마음으로 입학식장 앞 벽에 붙은 제 이름 석 자를 보고 얼마나 반가웠는지 모릅니다. 그 기쁨은 하늘만큼 땅만큼 크고 처음 맛보는 것이라 고맙고 감격해서 소리 없이 눈물까지 나왔습니다.

생전 처음 겪는 입학식 자리에 앉아서 애국가도 불러 보았습니다. 가슴이 벅차고 모든 것이 새롭게 보이고 다시 태어나는 기분 같아서 무척 행복했습니다. 어느 선배님의 축하 말씀을 들으니 새로운 용기와 힘이 생기고 가슴이 막 뛰었습니다.

특히 이선재 교장 선생님의 말씀은 어두운 곳에서 답답하게 있던 저에게 밝은 빛을 비쳐 주시는 햇빛 같았습니다. 못 배워서 겪은 서럽던 기억들이 눈 녹듯이 지워지는 것 같았습니다. 콩나물시루에 물은 빠져도 콩나물은 큰다는 말씀이 가슴에 쏙 들어왔습니다. 늦었지만 배울 수 있다고 용기와 희망을 주셨습니다. 새로운 꿈과 희망이 생겼으니 열심히 공부해서 운전면허도 따고 싶고 요리사도 되고 싶습니다.

이렇게 새로운 꿈을 심어 주시고 공부의 행복을 안겨 주신 교장 선생님 진심으로 감사합니다. 양원이 있어서 저의 삶이 얼마나 달라질지 궁금합니다. 앞으로 멋지게 달라질 제 모습을 상상하며 힘들어도 열심히 즐겁게 배워서 저의 꿈을 꼭 이루겠습니다.

# 나를 찾아서

**김현자**

저는 집안 형편이 어려워 공부할 기회를 놓쳤지만 항상 마음속에는 공부에 대한 미련이 남아 있었습니다. 그렇지만 힘겹게 하루하루 살다 보니 배운다는 것은 나와는 너무도 멀게만 느껴졌습니다.

그러던 어느 날 귀가 번쩍 뜨이는 소식을 들었습니다. 어른들이 다니는 초등학교가 있으니 한번 가 보자는 친구의 권유를 받았습니다. 그 얘기를 듣고 나니 잠이 오지 않고 정말 내가 학교라는 곳을 다닐 수 있을지 걱정도 되었습니다.

신입생 등록을 하고 예비소집에도 참석하고 얼마 후 그렇게도 기다리던 입학식을 하게 되었습니다. 마포아트센터 1층에서 반을 확인하니 6반이었습니다. 이렇게 엄숙한 입학식에 참석한 것은 제 인생에서 기적과 같은 일이었습니다. 배우지 못한 사람들이 이렇게 많다는 사실에 무척 놀랐습니다.

그러나 그 많은 사람들이 기대에 부풀어 옷도 멋있게 차려입고 입학식에 당당하게 참석한 것을 보니 나도 모르게 가슴이 뛰고 이게 꿈이 아닌가 하는 마음이 들었습니다. 내 인생이 이제 새로 시작된다는 사실에 정말 믿을 수 없을 만큼 가슴이 벅찼습니다.

교장 선생님의 자상한 말씀이 가슴에 와 닿았습니다. 축하 공연을 해 주신 선생님과 학생들이 멋있고 부러웠습니다. 항상 죄인처럼 주눅 들었던 나 자신은 이제 사라진 것 같습니다. 열심히 공부하면 내 인생에도 환한 빛이 비치고 자신 있게 살아갈 수 있을 거라는 밝은 희망이 생겼습니다.

입학식을 하고 학교에 다니는 매일매일이 정말로 행복합니다. 교실에 들어오면 다정하게 미소 지으며 맞아 주시는 우리 선생님이 계시고 나와 같은 처지의 친구들이 반겨 주니 정말로 신이 납니다. 새 책과 내 공책으로 공부하는 시간들이 꿈만 같습니다. 앞으로 건강관리를 잘 하여 아프지 않고 무사히 졸업하면 중학교에 꼭 가고 싶습니다. 어떠한 어려움이 닥치더라도 포기하지 않고 꿈을 향해 전진하겠습니다. 이렇게 좋은 학교를 만들어 주신 교장 선생님께 진심으로 감사드립니다.

# 양원에서 피어나는 꿈

조영자

양원학교에 오기를 참 잘했어요.

처음에는 입학할 수 있다는 소식을 듣고 망설였지요.

'육십이 넘어서 무슨 공부가 머릿속에 들어가겠나. 금방 들어도 어느새 새하얗게 지워져 버리는데…….'

그런데 입학식 날 학교에 와서 용기가 생겼어요. 올해 구십 되신 분도 졸업을 하시고 중학교에 들어가셨다고 했거든요. 그래서 용기를 내서 학교를 다니기로 했어요. 그때 포기했으면 후회할 뻔 했지요. 공부하는 게 평생소원이었는데.

'그럼 나도 열심히 해 보자. 노력하면 안 되는 게 없다는데 늦었지만 선생님 말씀대로 서두르지 말고 한 계단 한 계단 오르다 보면 되겠지.'

아침에 학교 오는 길이 나에게는 꿈꾸는 것처럼 행복해요.

친구들과 이야기하며 커피도 마시고 읽기, 쓰기, 셈하기, 이솝이야기 등 정말 재미있어요. 그 동안 모르고 살았던 것을 배워 가니까 무척 좋아서 혼자 웃기도 해요. 아침이면 빨리 학교에 가고 싶고 하루하루가 즐겁고 행복해요.

아직은 부족한 것도 많지만 열심히 노력해서 중학교, 고등학교도 가고 싶어요. 처음 배워 보는 수학도 잘은 몰라도 재미가 있어 더 열심히 해서 꿈을 이루고 싶어요.

이렇게 행복한 공부를 하게 해 주신 교장 선생님께 감사드립니다. 우리에게 칭찬을 아끼지 않으시고 사랑으로 감싸 주시는 담임 선생님과 모든 선생님들, 정말 감사합니다.

여보, 정말 고마워요. 당신이 내 학부형이에요.

아이들아, 도와줘서 고마워. 열심히 잘 할게.

# 저도 학생이 되었어요

**정윤자**

"양원초등학교입니다. 축하합니다. 3월 4일 입학식 하러 오세요." 전화기 저 너머에서 들려오는 선생님의 목소리에 저는 귀를 의심하였습니다. 조금은 기대를 하고 있었으나 입학식 소식을 들으니 정말인가 싶고 다시 확인하고 싶을 정도로 설레고 기뻤습니다.

'내가 학교에 갈 수 있다니!' 가슴이 두근거리며 눈에서는 눈물이 하염없이 흘렀습니다. 소식을 전해 주신 선생님이 정말정말 감사했습니다. '이 세상에서 나처럼 행복한 사람 있으면 나와 보세요.'하고 외치고 싶었습니다.

부모님은 "여자가 살림만 배워 시집가서 잘 살면 되지."하시며 학교에 보내 주지 않으셨습니다. 책가방을 메고 학교에 가는 친구가 부러워서 울며 떼를 쓰고 애원도 했었습니다. 그렇지만 집안 살림과 농사일, 동생들 뒷바라지가 모두 제 몫이었습니다.

그렇게 세월이 흘러 배움의 시기를 놓친 저는 배우지 못한 것이 가슴에 한으로 남았습니다. 아이들이 학교에 다닐 때는 남들이 나를 초등학교도 나오지 못한 무식쟁이라고 무시할까 봐 마음 조리며 움츠리고 동사무소며 은행이며 모임에도 자유롭게 다니지 못했던 일들이 서러움으로 남아 있었습니다.

입학식 날을 기다리며 딸이 입학 선물로 사준 책가방 안에 노트, 연필, 지우개 등 학용품을 챙기며 온 세상을 얻은 것 같은 행복감에 젖었습니다.

드디어 입학하는 날! 옷장에서 제일 멋진 옷을 꺼내 입고 화장도 더 정성을 들이고 한 시간이나 일찍 갔습니다. 고운 한복을 차려 입은 선배님들이 식장 입구에서 반갑게 우리들을 맞아 주었습니다. 아, 드디어 나도 학생이 되는구나! 모두들 멋지고 근사하게 보였습니다.

넓은 식장 안은 신입생들과 축하해 주러 오신 가족들로 가득 찼습니다. 모두 한목소리로 애국가를 부르고 교가도 불렀습니다. 나만 못 배운 못난이라고 생각했는데, 나와 같은 처지의 사람이 이렇게 많다니 놀랍기도 하고 한편으로는 안심도 되었습니다. 나이가 많아 기억력도 옛날 같지 않아 잘 할 수 있을지 염려도 되었습니다.

그러나 교장 선생님의 말씀을 들으니 거뜬히 해낼 수 있겠다는 용기가 생겼습니다. 늦었지만 늦지 않았다는 새로운 희망을 심어 주셔서 정말 감사합니다. 교장 선생님 말씀을 받들어 열심히 배워 대학까지 꼭 가겠습니다.

# 최고의 선택

문희정

지금까지 살아오는 동안에 배움이 부족하여 주변에서 설움도 많이 받았고 배움의 갈증을 풀지 못해 답답해했던 심정은 이루 말로 다 표현할 수가 없었습니다. 그러던 차에 저와 같은 처지의 주부들에게 배움의 길을 열어 주는 학교가 있다는 사실을 친구를 통해 알게 되었습니다. 친구의 적극적인 안내를 받으며 설렘과 감동으로 양원초등학교에 입학하게 되었습니다.

입학식 이후, 저는 양원초등학교에 오게 된 것을 내 인생에서 남편을 선택한 것 다음으로 잘한 선택이라고 생각하며 학교생활을 즐겁고 행복하게 하고 있습니다. 책가방을 멜 때마다 신이 납니다. 한 자 한 자 배울 때마다 새로운 세상을 만나는 것 같습니다. 그러다 보니 세상에 대한 자신감이 생기면서 삶 자체가 즐겁고 새로운 행복을 만난 기분입니다.

지금도 제가 양원초등학교 학생이라는 사실과, 저처럼 나이 많은 아줌마들이 다닐 수 있는 학교가 있다는 것이 얼마나 고맙고 다행스럽게 여겨지는지 모릅니다. 또한, 입학식 날 교장 선생님께서 해 주신 말씀은 저에게 용기와 함께 삶에 대한 자신감을 심어 주었습니다. '그래, 나도 할 수 있구나!'하는 자신감이 어느새 제 가슴에 자리를 잡았습니다.

그 시간 이후로 저는 나이에 연연하지 않고 도전하는 저 자신을 자랑스럽게 여기고 있습니다. 혹시 지금도 가정 형편상 배움의 시기를 놓친 주부들이 있다면 양원초등학교에 와서 삶의 용기와 희망을 얻었으면 좋겠습니다. 아무것도 모르는 저희들에게 희망의 등대가 되어 주시는 양원초등학교 교장 선생님과 여러 선생님들께 항상 감사드립니다. 앞으로 제가 양원에서 포기하지 않고 열심히 배워 학교 오기 전보다 달라지는 모습을 보여 드리겠습니다.

# 꽃피는 제2의 인생

조영례

저는 작년까지는 평범한 할머니였지만 올 3월에 친구 소개로 양원 초등학교에 입학한 후 우리 반의 급장이 되어 재미있게 공부하고 있는 학생입니다.

20대 초반에 같은 고향에 사는 착실한 남편과 중매로 만나 일주일 만에 결혼을 하였습니다. 8남매의 맏며느리로 고생스럽지만 농사를 지으며 시부모님과 시동생, 시누이 뒷바라지하며 살았는데 저와 남편 사이가 좋지 않아 큰아이만 등에 업고 아무것도 손에 쥔 것 없이 시집을 나와 버렸습니다.

아는 사람 하나 없는 서울로 올라와 장사도 하고 온갖 일을 하며 고생하고 있을 때 저를 잊지 못해 서울로 뒤따라온 남편이 건축 일을 하며 잘 살아 보자고 하여 다시 믿고 살기로 하였습니다.

그때부터 마음을 고쳐먹고 아이들을 낳고 기르며 차근차근 돈을 모아 집도 사고 3남매 대학 공부와 결혼까지 모두 끝냈습니다. 지금은 우리 두 부부 서로 의지하며 편안하게 지내고 있습니다.

그러나 마음 한구석에 항상 공부를 하지 못한 생각이 떠나지 않고 있었습니다. 그러고 있던 차에 작년 여름 교회수련원에서 양원학교 2학년에 다니는 친구가 양원학교를 소개하여 곧바로 등록을 하고 올 3월에 설레는 마음으로 입학을 하였습니다.

그동안 못했던 공부를 하고 싶어서 양원초등학교에 입학은 했지만 많이 부족하여 공부하기가 힘이 듭니다. 아직 한글은 겨우 읽고 쓰며 수학 공부도 좀 힘들지만 교회에서 성경책도 더 잘 읽고 싶습니다. 그리고 글씨 쓰기가 많이 부족하여 따라갈 수 있을까 걱정이 됩니다. 하지만 이왕 시작한 공부, 최선을 다하며 열심히 하여 중학교, 고등학교도 가려고 합니다.

제가 특별히 잘하는 것은 없지만 선생님을 도와 학급의 급장으로 성실하게 활동하고 있습니다. 앞으로 자상한 선생님의 가르침대로 차근차근 국어, 수학을 공부하여 좀 더 즐겁고 활기차게 살고 싶습니다.

양원의 꽃들이여, 우리 모두 열정을 발휘하여 제2의 인생을 꽃피웁시다.

교장 선생님, 진심으로 감사드립니다.

우리 양원학교 파이팅!

# 희망을 준 멋진 학교!

공애자

평생 배움에 목말라 있던 제가 드디어 학교에 다니게 되었습니다. 입학식 날! 종종걸음으로 모인 많은 학생들을 보니 가슴이 벅차오르면서 이제까지 있었던 일들이 주마등처럼 스쳐 지나갔습니다.

못 배운 사람이 몇 명 안 되는 줄 알았는데 정말 많은 학생들이 마포아트센터 입학식장에 모여 있어서 놀라기도 하고 한편으론 마음이 편안해지기도 했습니다. 저마다 사연을 갖고 있는 얼굴들 속에 제 얼굴이 포개져 눈을 감고 잠시 지난날을 돌아보았습니다.

저는 20년 전부터 양원주부학교를 알고 있었습니다. 그때 학교를 왔더라면 얼마나 좋았을까요? 남편은 병으로 일찍 돌아가시고 어린 4남매를 공부 가르치면서 벌어먹다 보니 이 나이가 되었습니다. 미장원에서 만난 군인 상사 부인이 자신의 이야기를 하면서 학교를 소개했습니다. 학교를 못 다녀서 간병 일을 할 때 글을 잘 몰라 많이 힘들었다고 했습니다. 사람은 모름지기 배워야 한다는 말에 저는 두 주먹을 불끈 쥐었습니다. 저 역시 공부를 못해서 직장 생활을 아주 힘들게 했습니다. 이제 4남매를 남부럽지 않게 해 놓고 나니 하루라도 빨리 배우고 싶었으나 여건이 허락하지 않아서 늦은 나이에 학교에 오게 되었습니다.

눈을 떠 보니 입학식이 한창입니다. 교장 선생님께서 하시는 말씀 한마디 한마디를 새겨들었습니다. 이제 너무 힘들게 살아온 제 이야기를 글로 써 보고 싶다는 생각이 들었습니다. 교장 선생님의 자상한 말씀은 저의 희망을 이룰 수 있다고 자신감을 심어 주시고 용기를 주셨습니다.

제가 입학을 하다니 온 세상을 다 가진 것처럼 행복합니다. 우리 담임 선생님은 친구같이 편하게 대해 주시고 학생들은 서로 사이가 좋습니다. 학생들이 부족한 저를 반장으로 뽑아 주어 어깨가 무겁습니다. 행복한 4반을 만들기 위해 봉사를 많이 하려고 합니다.

어떠한 난관이 닥치더라도 절대로 포기하지 않고 열심히 공부하겠습니다. 4남매가 격려해 주니 열심히 공부해서 졸업도 하고 글도 쓰는 사람이 되겠습니다.

교장 선생님 감사합니다.

졸업장아! 기다려라!

# 못 다한 꿈을 키우며

**김봉화**

언제나 공부를 꼭 해야겠다고 생각하며 지냈습니다. 어느 날 방송을 통해 양원초등학교에서 공부를 하는 나이가 많은 학생들의 모습을 보게 되었습니다. 그 순간 얼마나 반가웠는지 가슴 벅차게 뛰던 저의 기쁜 마음을 아무도 모를 것입니다.

나이와는 아무 상관없이 많은 것을 공부하며 배울 수 있다는 기대감이 들었습니다. 방송을 본 이후 저의 가슴에는 '나도 할 수 있겠구나.'하는 희망이 생겼습니다. 하지만 4년이란 학교생활을 끝마칠 수 있을까 하는 두려움도 컸습니다. 그러나 저는 당당히 양원학교 1학년이 되어 평생의 한을 풀게 되었습니다.

매일같이 학교 다닌다는 기쁨이 커서 '해 보자, 시작하자.' 하며 용기를 내게 되었습니다. 벌써 2개월, 학교를 다니면서 나의 생각도 삶의 모습에도 서서히 변화가 찾아왔습니다. 정말 믿어지지 않을 만큼 달라진 생활습관과 세상을 보는 것이 조금씩 다르게 보이기 시작했습니다. 참으로 신기했습니다.

그동안 몰라서 보이지 않았던 세상이 하나하나 배움 속에서 깨우쳐지며 재미와 즐거움을 알게 되었습니다. 선생님과 수업하는 것도 재미있고, 같은 반에서 좋은 학우들과 함께 하니 즐거움은 두 배, 세 배로 늘어났습니다. 이게 사는 것이구나 하는 새바람이 제 가슴에 행복을 불어넣었습니다.

저희를 응원해 주시는 교장 선생님과 많은 것을 가르쳐 주시는 여러 선생님들이 있어 감사합니다. 더 넓은 세상을 보고 많이 배워가는 학생, 배우는 행복을 가득히 만들어 가는 학생이 되겠습니다.

앞으로도 최선을 다하여 하고 싶은 꿈을 꾸며 훌륭한 양원학생이 되겠습니다. 꼭 그런 날을 만들기 위해 열심히 배우겠습니다.

# 신나는 학교

유정자

나는 양원학교에 다니는 친구의 소개를 받아 다음 날 신입생으로 등록을 했습니다. 몇 개월을 기다리는 지루한 시간을 보냈습니다. 기다린 보람으로 드디어 2014년 3월 4일 입학식 날이 되어 들뜨고 설레는 마음으로 친구와 함께 마포아트센터로 갔습니다.

아트센터 현관문 벽에 1학년에 입학하는 학생들의 이름이 많이 붙어 있었습니다. 나는 몇 반인지 궁금해서 눈을 크게 뜨고 내 이름을 찾아보았습니다. 내 이름이 나왔습니다. 1학년 7반에 '유정자'라는 내 이름이 있었습니다. 내 이름 석 자가 눈에 들어오는 순간 나도 모르게 마음이 울컥하면서 눈시울이 뜨거워졌습니다. 나도 이제 학생이 되었습니다. "야호"를 외쳤습니다. 입학식 때 선배님의 축사도 듣고 입학생의 인사말도 들었습니다. 축하해 주시는 선생님들의 노래도 참 재미있었습니다. 나도 배우면 저렇게 할 수 있을까! 마음속에 이상하게도 새로운 힘이 생기는 것 같았습니다.

생전 처음으로 해 보는 국기에 대한 경례도 하고 애국가도 부르니까 정말 학생이 되었다는 생각이 들어 무척이나 행복했습니다. 선배님이 격려해 주는 말을 들으니 나도 할 수 있다는 생각이 들고 양원에서 배울 것이 많다는 것을 느꼈습니다.

교장 선생님 말씀 중에 죽을 때까지 공부하자는 말씀은 참으로 감동적이었습니다. 공부를 열심히 하여 중학교와 고등학교도 가겠다는 다짐도 했습니다. 이렇게 좋은 학교가 어디에 있나. 소문대로 좋은 선생님들 밑에서 열심히 공부하자. 건강만 허락한다면 훌륭하신 교장 선생님의 가르침을 받들고 편정순 담임 선생님께 열심히 배우겠습니다.

아무리 힘들어도 공부하는 행복을 최고의 행복으로 알고 이루고 싶은 꿈을 안고 양원에서 열심히 배우겠습니다. 교장 선생님 진심으로 감사합니다.

# 나의 입학 소감

**오송자**

내 마음이 붕 떠 있다. 고등학생이 되기를 얼마나 기다렸던가! 눈물이 난다. 작년 3월 늦은 나이에 학교에 왔다. 공부가 얼마나 재미가 있는지 밤 12시까지 공부를 했다. 그러고 나면 잠도 잘 온다. 단숨에 잠을 잤다. 눈을 뜨면 아침 여섯 시. 그렇게 재미있게 다니다가 병이 났다. 지방에 갔다가 미끄러져 주저앉아서 허리에 디스크가 생겼다. 2주 동안 학교를 못 오고 병원과 집을 오가면서 치료를 받다가 학교에 오는데 다리가 너무 아파서 계단에 주저앉아 있다가 억지로 학교에 온 것을 생각하면 지금도 눈물이 난다.

무슨 일이 있어도 학교는 다녀야지. 지금도 학교에 오다가 그 자리를 지나치면 그때 생각이 난다. 집에서 남편, 아들, 딸도 많이 도와준다. 남편은 집안일을 도와주고 아들, 딸은 "열심히 공부해서 대학까지 가세요."한다. 말이라도 고맙다.

열심히 해서 대학까지는 가야겠는데 건강이 허락될지 조금은 걱정이 되기도 한다. 산사나 집에서 조용할 때 혼자서 참선에 들어간다. 어릴 적부터 얼마나 귀엽게 자랐는지 할머니, 아버지, 어머니, 오빠 세 명이 있는 집안에서 귀염만 받고 자라서 결혼해서 아이들 키우면서 지내던 일도 생각이 나고 아이들 공부 잘하던 때도 생각이 난다. 지난 세월이 영화 필름처럼 지나간다. 내 생에 이런 날도 왔구나. 다시 생각해도 눈물이 난다.

"교장 선생님 정말 감사합니다. 이렇게 공부할 수 있는 학교를 마련해 주셔서 감사합니다. 열심히 공부해서 대학까지 가겠습니다."

# 첫 발걸음을 떼며

김숙자

세상은 변해도 자연의 이치는 변치 않는다. 봄은 변함없이 우리 곁에 온다. 화분의 사랑초가 여린 잎으로 봄바람을 맞으며 나풀나풀 거린다. 그러다 해가 지면 잎을 모으는 모습이 무척 예쁘고 사랑스럽다.

초등학교 입학 때, 하얀 스텐 칼라에 교복을 맞추어 입고 아버지 손을 잡고 학교에 갔다. 그런데 3학년이 되어서 가세가 기울어 더 이상 학교에 나가지 못했다. 아버지께서 돌아가셨기 때문이다.

나는 학교 가는 아이들을 뒤에서만 바라보며 언젠가는 나도 반드시 학교에 갈 거라는 자기 암시만 했다. 꼭 그럴 것이라고 나 자신과 다짐을 했다. 그렇게 시간이 흐르고 결혼을 했다.

남매를 두고 가정주부로만 마흔까지 살았다. 아이들이 다 크고 나서 나는 식당을 시작했다. 그렇게 이십 년을 장사를 했다. 육십이 되자 삶의 허무가 찾아왔다. 그래서 찾은 곳이 양원주부학교이다.

학교에 와서 보니 조금만 일찍 시작했으면 좋았을V걸 하는 생각이 들기도 했지만 지금이라도 늦지 않았다. 중학교, 고등학교, 전문부, 교양부까지 잘 왔으니 말이다.

입학식 때 교장 선생님께서 해 주신 콩나물시루 말씀은 내 가슴에 두고두고 남아 있다. 머리에 들어온 것이 없는 것 같은데 나는 대검에도 합격했으니 말이다. 배우면 잊어버리는 나이지만 배우고 또 배우니 공부를 해내는 것이다. 아! 하면 되는구나, 깨닫고 깨닫고 또 깨닫는다.

이제 앞으로의 바람이 있다면 명예 교사 활동을 열심히 해서 나와 같은 사람들에게 아주 작은 빛이라도 되어 줄 수 있다면 더 이상 바랄 것이 없다. 나의 꿈은 영원히 이어질 것이다.

# 45년 만의 입학식

**고명례**

2014년 3월 5일 양원주부학교 전문반에 입학을 했습니다. 45년 만에 다시 느껴 보는 입학식이 감개무량했습니다. 작년에 고등부에 늦게 들어와 입학식은 오랜만이었습니다.

17살 되던 해 고등학교에 합격을 하고 입학금 마감 날이 임박했는데 부모님은 입학금을 안 주셨습니다. 아버지께서는 "네가 고등학교 졸업을 하면 밭에 가서 일을 안 할 것이니 학교는 그만두고 공장에나 다녀라."고 하셨습니다.

4남매 중 저만 고등학교를 보내지 않으셨습니다. 그때 저는 사춘기였고 친구들은 예쁜 교복을 입고 학교 다니는 모습이 마치 그들은 천국 가는 것 같고 전 지옥으로 가는 것 같아서 부모님이 많이도 원망스러웠습니다.

검정고시를 응시해 보려고 독학을 해 보았지만 너무도 어려워 중도 하차했습니다. 그 이후로 가족들이 더욱 미워졌고 집을 떠나려고 부모님이 반대하시는 연애결혼을 지금의 남편과 했습니다.

아들을 둘 낳고 기르면서 하고 싶은 꿈들에는 고졸 졸업장이 필요했고 오십 줄에 들어서면서 사회에 발을 내딛어 보니 더욱 절실했고 또한 창피하기도 하여 늦은 나이지만 용기를 내어 배우기로 결심을 했습니다.

지인의 소개로 양원주부학교에 등록해서 작년에 고졸검정고시에 합격하고 한자 공부도 재미있게 하고 있습니다. 오늘 전문반 입학식을 하면서 교장 선생님 훈화의 말씀 중에 공부를 못한 것은 누구의 탓도 아니고 시대를 잘못 태어나서 그런 것이니 부모님 원망하지 말라고 하셨을 때 저는 마음의 위로를 받았습니다.

오늘 입학소감문을 쓰면서 그동안 가족들을 미워하고 원망했던 것들은 흘러가는 강물에 씻어 버리고 새로운 시작으로 이제는 가족을 사랑하고 갖고 싶었던 고졸 졸업장이 있으니 무엇이든 도전하며 노력을 다할 것입니다. 교장 선생님! 열심히 잘 살아 가정과 사회에 꼭 필요한 일꾼이 되어 사랑을 나누는 축복을 만들겠습니다.

# 꿈을 꾸면서

용종심

벌써 세 번째 입학을 했다. 일 년만 다니자 생각하고 왔던 양원주부학교, 벌써 중등부, 고등부를 거쳐 전문부에 입학식을 하게 되었다. 배움을 얼마나 갈망했던가? 내 자신이 정말 대견하고 자랑스럽다. 아직 많이 알지는 못하지만 배우면 배울수록 알면 알아 갈수록 갈증이 더 나는 것 같다. 알듯 말듯 머릿속은 정신이 없다.

하지만 배움에 목말랐던 가슴은 활활 타오르는 불처럼 뜨겁다. 입학식 날 교장 선생님 말씀처럼 듣고 또 듣고 외우고 또 외우다 보면 아주 조금씩 알게 될 거란 생각이 든다. 그리고 다닐 수 있을 때까지 다녀 보자. 하다 보면 영어를 봐도 자신 있게 읽을 수 있을 것이고 한문 또한 잘 해낼 수 있을 것 같다. '배운 만큼 보인다.' 그 말처럼 나도 조금씩이나마 눈과 귀가 열리고 있다.

한문을 통해서 속담과 교훈, 격언들을 배우고 깨달아 느끼는 점이 많다. 그동안 얼마나 깜깜한 어둠 속에서 살았던가? 남들이 그것을 알아차릴까봐 가슴 조이며 얼마나 두려워했는지 모른다. 사람들을 만나서 대화를 나누어도 위축되고 자신감이 없었다. 하지만 지금은 예전과는 전혀 다르다. 눈이 떠지고 듣는 귀가 열리니 내놓고 자랑할 것은 없지만 마음속은 자신감으로 가득 차 있다. 표현력이 부족해서 다 표현하지는 못하지만 가슴 속 저 밑에서 차오르는 벅참과 뭉클함은 느낄 수 있다. 이 뭉클함은 지금까지는 한 번도 느껴 보지 못했던 색다른 감정이다. "올 한 해는 많은 행사에 참여하고 도전하는 학생으로서 앞만 보고 나아가겠습니다."

그동안 해 왔던 한자급수도 마무리하고 영어암송과 함께 5관왕과 한자 지도사 자격증도 꼭 따야겠다. 할 수 있는 것은 다 해 봐야겠다. 배움은 끝이 없다고 들었는데 정말 그런 것 같다. 목표를 정해 놓고 도전 또 도전하여 꿈을 꾸며 미래를 향해서 달려가자. 이룰 수 있는 그날까지 즐기며 한발 한발 나아가리라.

# 양원의 꿈!

**송미자**

늘 가슴을 세차게 두드리는 소리가 있었다. 겨우내 꽁꽁 얼어붙었던 땅을 헤집고 고개를 쑤-욱 내미는 3월의 봄이 오면 심장은 더욱 큰 소리로 가슴을 때렸다.

억제할 수 없이 꿈틀거리는 학업의 욕망! 입술을 깨물며 학업을 접어야 했던 어제가 또 고개를 든다.

자식들의 졸업식 꽃다발을 품에 안고는 대리만족하던 시절도 끝이 났다.

이제, 손자들 졸업식에 박수를 보내는 오늘, 내 모습은 산 날 보다 살아갈 날이 더 적게 남은 반백이 되었다. 그럼에도 불구하고 학업에 대한 욕망은 여전히 가슴 깊은 곳에서 철없는 어린아이처럼 또 그렇게 보채고 있었다.

'내 학업의 꿈을 열어 줄 곳이 어디 없을까?' 속된 말로 가방끈이 짧은 초등학교 졸업생이라는 사실이 지인들에게 알려질까 봐 노심초사 가슴앓이를 해 왔었다. 때론 이곳저곳 학원의 문을 두드려 보았지만 경제적으로 여의치 못한 현실은 늘 그 꿈을 차선책으로 밀리게 하곤 했다.

어느 날 낡은 풍선처럼 팽창된 가슴의 꿈은 곧 터질 것만 같은 조급함이 되어 목전까지 차올랐다.

인터넷을 뒤져 주부학교로 소문난 양원에 문을 두드렸다.

어느 날이었던가. 중학교 합격통지서를 받아들고는 의기양양 기뻐했던 진학의 꿈이 무너지던 날, 가정형편은 아랑곳하지 않고 밤새 투정하며 울어야 했던 아픔이 새삼 가슴을 또 미어지게 한다.

'그래, 어떤 용기로 이곳까지 왔는데, 이대로 돌아서면 이젠 또 기회를 잃는 거야. 용기를 내야지.' 떨리는 손으로 입학원서를 적었다. '부끄러울 것 없어. 이제부터 시작이야.'

양원의 입학식!

지하 강당에 빼곡히 모인 신입생들의 분위기는 족히 반세기 전에 잃어버린 꿈 찾으려 아우성치는 천차만별의 모습들이었다. 학업의 꿈을 접어야 했던 슬픈 사연은 비록 나만의 상처가 아닌 듯 싶었다.

이렇게 많은 사연들이……. 가슴 깊이 묻어 두었던 꿈들이 여기 모여 용솟음치고 있는 것이었다. 순간 얼굴이 화끈거린다. 엄살을 부렸던 내 모습이 움츠러든다.

팔구십 세. 백발의 모습으로 학업의 꿈을 풀어내고자 하는 그 힘과 용기! 이제 육십 중반의 내 모습은 열다섯 꽃다운 나이 같았다.

중학교 1학년 3반 교실.

영어 선생님이라고 소개를 하신다. 어느 때부터인가. 영어가 일상용어처럼 우리말 속에 깊이 끼어들었다. 알아들을 수 없는 영어 때문에 가끔은 문맹자처럼 주눅이 들곤 했기 때문에 영어선생님이 담임이라는 데 더 반가웠다.

각 과목마다 첫인사로 수업에 선을 보이는 양원의 선생님들.

할머니 또는 부모 같은 학생들이지만 젊은 선생님들은 자신감 있는 설득력과 무한한 능력을 품고 있는 듯 만학도들의 거친 호흡을 단번에 사로잡는다.

'그래 바로 이거야.' 잘 왔다는 감탄사가 절로 나왔다.

'이제부터 시작이야. 대학의 꿈을 안고 달릴 수 있으니까.' 2014년 3월의 봄은 꽁꽁 얼어붙었던 학업의 꿈을 이렇게 깨우고 있다.

# 나를 소개합니다

임진애

나는 충청도 어느 시골에서 일곱 형제의 종갓집 장남이신 아버지의 1남 3녀 중 장녀로 태어났다. 남아 선호 사상이 투철하신 조부모님의 반대로 "계집애가 초등학교만 나오면 되고, 한글만 알면 되지!"라고 막 혼내셨고 나의 버팀목이 되어 주셔야 할 내 아버지께서는 날 낳자마자 얼마 안 되어 군에 입대하셨다.

군 생활 중 결핵이란 병을 얻으셔서 치료 때문에 자식에 대한 의무나 책임을 다할 수 없었다. 할머니한테 구박만 받던 내 엄마 역시 나를 위해 할 수 있었던 것은 나를 달래 주는 일과 내가 떼쓰면서 중학교 보내 달라고 울어대면 같이 속상해하시며 함께 울어 주시는 것뿐이었다.

초등학교 졸업 후 까만 교복에 하얀 칼라가 달린 교복을 입고 삼삼오오 몰려서 학교 가는 친구들의 모습을 보며 울던 생각을 하니 돌아가신 엄마 생각에 가슴이 먹먹해진다. 그때 내가 엄마한테 대들며 했던 말이 생각난다. "제발 고등학교는 보내 달라고 하지 않을 테니 중학교만 보내 주라."며 졸라댔었다. 그때는 너무 어렸고 엄마의 마음까지 헤아려 줄 수 있는 여유와 용기가 나에겐 없었다.

지금에 와 생각하니 그것이 나의 운명이고 초등학교 보내 주는 것도 감사하고 고맙게 생각했어야 했다. 하지만 그땐 겨우 열네 살. 엄마는 내 마음을 아는지 모르는지 아랑곳하지 않으시고 자꾸만 우는 어린 막내 여동생을 엄마는 내 등에 억지로 업혀 주고 동네 한 바퀴 돌고 오라며 집 밖으로 날 내보냈다.

그럴 때면 하얀 칼라에 까만 교복을 입은 친구들이 우리 집 앞을 지나가면, 등 뒤에서 동생이 칭얼대든 말든 친구들 볼세라 죄지은 것도 없는데 꽁무니가 빠지게 도망치듯 집으로 돌아와 엄마한테 화풀이하던 생각이 난다. 그때 왜 그렇게 화가 나고 창피했던지 왜 그렇게 엄마를 아프게 했던지 돌아가신 엄마 생각에 가슴이 아프다.

내 엄마는 제일 큰자식을 남들 다 보내는 중학교에도 못 보내고 있으니 얼마나 가슴이 아프고 속상해하셨을까? 당신도 배우지 못해서 까막눈이라 말하시던 내 어머니. 하지만 그땐 더 이상 참기가 너무 힘들었다. 열다섯 되던 해 겨울, 난 무조건 동네 언니 따라 엄마 몰래 서울 어느 가정집 애기 돌보미로 서울살이를 시작했다. 그 일을 시작으로 지금까지 안 해 본 것 없을 정도로 수많은 일을 하면서 못 배워서 무시당한 적이 한두 번이 아니었다.

못 배운 무식이 짐이 되어 객지 생활하는 것이 너무 힘들어 울기도 많이 울었다. 하지만 애들 때문에 참고 또 참고…… 조금만 더하면 내 인생도 나아지겠지 하며 오늘날까지 열심히 살다 보니 여기까지 왔고 이젠 경제적으로도 이만하면 만족할 수 있게 되었다.

자식들 역시 이번 2014년도를 끝으로 서울에 있는 어엿한 새내기 예쁜 여대생이 되기까지 많은 고생을 했다.

지금까지 남편을 위해, 자식을 위해 내 인생을 바쳤다면, 더 늦기 전에 내 인생과 내 자신을 위하여 살아 보겠노라고 희망찬 마음으로 이곳 양원을 찾아왔다. 내가 그렇게 원하고 원했던 양원주부학교! 아주 오래 전에 이종언니가 이곳 양원을 다니는 것을 참 많이도 부러워했지만, "언니! 나두 갈래!"라는 말을 그땐 창피하고 시간이 안 되고 여건이 안 돼서 차마 입 밖에 낼 수 없었다.

우선 먹고 살아야 했고, 자식 키우고 공부시키는 것이 먼저였기 때문에 엄두도 못 냈던 것 같다. 하지만 내 인생은 지금이 황금기이다.

지금까지 눈 뜬 장님으로 50여 년을 힘들게 살았다면 앞으로 남은 인생을 장밋빛으로 물들이고 싶고 온 세상을 환히 비칠 수 있는 소금과 빛이 되어 나로 하여금 다른 사람에게 조금이나마 도움이 될 수 있는 한 인간으로 다시 태어나 열심히 봉사하며 즐겁고 행복한 삶이 되기를 간절히 희망한다.

# 내 인생의 후반전

신은숙

나는 1961년 11월 15일 경기도 파주에서 1남 5녀 중 장녀로 태어났다. 가정 형편이 넉넉하지는 않았지만, 생활력이 강하신 부모님 덕분에 불행하다고 생각해 보지는 않았다.

아버지는 농사일을 끝내시고 임진강 건너 북한이 보이는 일명 오빼산으로 불리는 산에서 땔감을 해서 지게로 나르셨다. 낮에는 회돌 판에서 일을 하시고, 일을 끝낸 후에는 달밤에 비가 오지 않아서 쩍쩍 갈라진 거북이 등 같은 논에다가 호미로 모를 내셨다.

부모님은 키가 작은 내가 학교에 잘 다닐 수 있으려나 걱정을 많이 하셨다. 엄마가 일찍 해 주신 아침밥을 먹고 나일론 실로 떠 주신 가방을 들고 6촌 언니하고 늘 같이 40분이 넘는 거리를 걸어서 다녔다. 눈이 많이 내리는 날에는 큰 길로 걸어가다가 버스를 세워서 아저씨가 문을 열어 주면 우르르 올라탔다. 모든 것이 풍족하지 않던 시절이었지만 인정은 넘쳤다.

늘 배가 헛헛했던 우리들은 싱아와 아카시아 꽃을 따 먹었다. 오디 송화 가루, 산딸기 등 하나님이 준 먹거리는 수도 없이 많아서 허기진 배를 채울 수 있어서 감사했다. 아카시아 잎을 따서 가시로 콕콕 찍으며 글씨 쓰는 연습을 했다. 그때 일을 떠올리면 가슴이 먹먹해진다.

아카시아 줄기로 펌을 하고 이름 모를 나무를 꺾어서 자르면 나오는 물을 손톱에 발랐다. 이른 아침에 바람에 떨어진 감꽃을 주워 풀줄기에 끼어서 목걸이를 만들어 목에 걸고 다녔다. 클로버 꽃으로는 반지를 만들어서 끼었다. 고삐 풀린 망아지처럼 유년 시절을 보내고 화가, 군인의 꿈을 가슴에 묻고 초등학교 졸업을 했다. 중학교에 가지 못한다는 생각에 눈물이 앞을 가렸다.

졸업 후 나는 엄마를 도와 집안일을 했다. 몇 년 뒤 사회생활을 하면서도 가슴앓이를 했다. 교복이 무척 입고 싶었다. 아들 하나를 낳아서 키워 짝을 만나게 해 주고 다니던 직장에서 해고를 당해 쉬고 있던 중에 뉴스에서 구십 삼세의 할머니가 공부를 하셨다는 말을 듣고 예전부터 알고 있었던 양원주부학교에 입학을 하게 되었다.

지금부터 서서히 나의 꿈이 이루어지고 있어서 매우 행복하고 감사하다. 내 인생의 후반전을 그림을 그리는 마음으로 최선을 다해 학업에 임할 것이다. 지금까지 물심양면으로 묵묵히 나에게 힘이 되어 준 동생들에게 고맙다는 말을 전하고 싶다.

보잘 것 없는 저에게 배움의 기회를 주신 교장 선생님을 비롯해 선생님들께 머리 숙여 깊은 감사를 드립니다. 배움에서 끝내지 않고 나의 이웃과 형제들, 주변 사람들을 위해 힘닿는 데까지 베풀며 살아갈 생각입니다. 감사합니다.

# 움직이지 못할 때까지 연필을 놓지 않겠습니다

하진순

머리는 쓰지 않으면 그대로 잠듭니다.

유년 시절, 나는 초등학교 3학년까지 다니다가 집안 형편 때문에 하고 싶은 공부를 하지 못했습니다. 열일곱 살부터 집안의 가장 역할을 하다가 스물세 살에 결혼을 하였습니다. 그때 나는 남편한테도 초등학교도 졸업하지 못했다는 말을 하지 못했습니다.

그러나 자식들에게는 가난과 무식을 물려주지 않으려고 열심히 뒷바라지를 해서 삼남매는 석, 박사 학위를 얻었습니다. 아이들이 학위를 다 받고 나니까 어느새 검은 머리가 하얀 머리가 되었습니다.

그래서 나도 공부를 해야겠다는 생각을 했습니다. 경제적으로도 여유가 있고 아이들도 다 잘 자라 주었지만 텅 빈 마음 한 구석을 메울 수가 없었습니다. 그 텅 빈 마음을 채우기 위해서 나는 10년 전 양원 주부학교에 입학을 하였습니다.

초등학교 졸업 검정고시에 합격을 해서 초등학교를 졸업하고 일성여중고에서 고등학교를 졸업하고 나서도 마음의 갈증은 가라앉지 않았습니다. 그래서 나는 전남에 있는 남부대학교 국악학과에 입학을 하였습니다. 군산과 서울을 4년 동안 오가며 드디어 대학을 졸업했습니다.

그래도 마음 한 구석이 비어있는 저 자신을 발견하고 올해 중앙대학교 대학원 국악교육학과에 입학을 하였습니다.

십 년이란 세월동안 공부를 하면서 나는 늘 이런 생각을 했습니다. '나 자신을 괴롭게 하는 나는 더 강해진다.'라고 말입니다. 쇠도 자꾸 두드려야 단단해 지듯이 저 자신도 자꾸 두드려서 더욱 강한 자신을 만들어 왔습니다.

저는 지금 고향집 같은 양원을 또 찾아왔습니다. 아무리 돈이 많아도 공부를 하지 않으면 가슴 한 구석이 허전합니다. 나는 끝까지 나 자신과 싸워서 이길 것입니다.

꽁꽁 얼어붙은 물속에서도 물고기는 자신을 이겨내고 봄날이 되면 활기를 치며 움직입니다. 또 추위 속에서도 푸른 보리 싹은 올라옵니다. 나는 물고기나 보리 싹보다는 강하다는 신념을 갖고 있습니다. 나는 움직이지 못할 때까지 연필을 놓지 않을 것입니다. 그리고 석사를 밟고 박사과정까지 밟을 생각입니다.

그 뒤에는 고향 같은 나의 양원이 있기 때문에 나는 멈추지 않고 이 길을 갈 것입니다.

# 내 삶의 걸림돌

**김명희**

아내를 떠나보내는 운수 좋은 날도 있을까? 문제풀이반에 들어가 〈운수 좋은 날〉을 수없이 읽고 하며 나도 정말 운수 좋았던 날이 꼭 한 번 있었던 일이 자꾸 생각난다.

초등학교 4학년 때 일이다. 큰언니가 사다준 빨간 모자가 달린 잠바. 내일 아침엔 입고 학교에 갈 생각을 하니 밤에 잠도 잘 오질 않았다. 우리 동네에선 나 혼자만 그 빨간 잠바를 입었다. 아침에 날아갈 기분으로 학교에 갔다.

4교시가 끝날 무렵 선생님께서 육성회비 안 낸 사람 몇몇 이름을 부르며 남으라고 하신다. 그때 정말 부모님께서 마음만 먹으면 한 달에 20원 주실 수도 있었을 텐데…. 그리고 육성회비 못 내는 것이 우리들 잘못도 아닌데 그 추운 날 선생님한테 손바닥 3대씩을 맞았다. 마지막으로 나도 맞았다.

때리고 나서 선생님은 내 빨간 잠바를 지휘봉으로 쿡쿡 찌르며 "이렇게 좋은 옷은 사 입고 육성회비 낼 돈은 없냐."는 것이었다. 나는 그 후로 그 빨간 잠바를 한 번도 학교에 입고 가지 않았고 학교도 싫어지고 선생님이 너무 무섭고 하루하루 결석을 하다 보니 학교를 그만두게 되었다.

기분 좋게 얻어 입은 빨간 잠바. 내 인생에 큰 걸림돌이 된 것이다. 생각해 보면 내가 어리석은 면도 있었지만 그 후 순간순간 못 배워서 답답하고 너무 몰라서 애가 터지도록 마음이 아플 때도 많았지만 그래도 잘 살았다고 생각한다.

지금은 양원주부학교 다니면서 등록금 말만 나오면 내 통장에서 꺼내 낼 수 있는 내 모습이 정말 보람되고 뿌듯한 이런 느낌, 그 누가 알겠는가? 정말 행복하다.

〈운수 좋은 날〉 소설을 읽으며 소설 속에 내가 주인공이 된 느낌으로 잘 쓸 줄 모르는 글이지만 내 지난 날 그 누구에게도 한 번 말해 본 적 없는 속내를 털어놓고 나니 후련한 느낌도 든다.

# 공부는 인간을 인간답게 만든다

신효임

저의 꿈은 언젠가 배워야겠다는 결심을 갖고 인생을 살아왔지만 생활환경 속에 헤어나지 못하고 반평생이 훌쩍 넘다 보니 인생의 허무함을 느끼게 되었습니다.

이래서는 안 되겠다 용기를 내어 일단 배워 보겠다는 마음가짐을 갖게 되었습니다. 114에 전화하여 마포 이대 부근에 주부학교를 수소문했습니다. 그랬더니 양원주부학교를 선정하여 알려 주었습니다. 그 즉시 서류 준비하여 접수하고 부푼 맘으로 신입생 예비 특강에 출석했습니다. 과목 과목마다 선생님의 친절함과 차분하게 잘 가르쳐 주시고 잘 인도하심에 매우 감사했습니다.

늦은 나이지만 시작이 반이라고 자신감을 갖고 열심히 과목을 잘 배워서 앞으로 폭넓은 지식을 쌓아 갈 생각입니다.

신입생 입학식 날 교장 선생님의 훈화에 많은 것을 깨닫게 되었습니다. 교장 선생님께서 "공부는 인간을 보다 인간답게 만드는 것이다. 세상은 아는 만큼, 배운 만큼 보인다."라는 말씀으로 저에게 자신감을 불어넣어 주셨습니다.

항상 열등의식에 사로잡혀 떳떳하게 나서지 못할 때가 종종 있었지만 이제는 자신감을 갖고 떳떳하게 앞으로 전진해 나갈 것을 다짐합니다.

그렇게 간절히 배우고 싶었는데 마침 양원주부학교에 입학하게 되니 영광입니다.

좋은 추억 많이 만들고 학업에 열정을 쏟겠습니다.

1년 과정을 잘 보내 저 자신을 좀 더 나은 사람으로 바꾸어 놓겠다는 기대 속에 매우 감사하고 뿌듯합니다.

더더욱 앞으로 대한민국에 빛과 소금의 역할을 감당하는 양원주부학교가 영원토록 빛내길 소원하면서…….

# 입학식에서 부르는 애국가

**최영자**

저는 고향이 경기도 인천이며 인천 신흥초등학교 5학년 때 건강에 문제가 있어 학교를 중단하게 되었습니다. 그 후 서울로 이사를 오게 되었고 같은 동네 친구가 학교에 다니는 모습을 보고 무척 부러워했습니다. 세월이 흘러 나이가 들고 결혼을 하고 두 아들을 낳고 양육하느라 정신없이 젊은 시절을 보내고 두 아들이 결혼을 해서 분가시키고 나니 어느덧 내 나이가 황혼이 되었습니다.

공부는 하고 싶었지만 누구에게도 부끄러워 말 못하고 용기가 없어 학원도 못 갔습니다. 그러던 어느 날 지하철에서 한문 공부를 하시는 분 옆에 앉게 되었습니다. “한문 공부하시네요? 어디서 배우세요?” 물었더니 그 분은 친절하게 양원주부학교를 소개해 주셨습니다. 그런 학교가 있는 줄도 몰랐던 저는 용기를 내어 그 분이 소개해 준 양원학교 선생님을 만났고 양원학교에 입학하게 되었습니다.

입학식이 시작되었고 애국가를 부르는데 내 가슴에서 복받치는 눈물과 함께 나도 공부할 수 있게 되었다는 기쁨과 동시에 연약한 몸으로 과연 끝까지 공부할 수 있을까 하는 걱정도 되었습니다.

교장 선생님의 교훈이 시작되었고 구구절절 전해 주시는 말씀은 내 마음에 보약이 되었습니다.

우리의 만남이 아름다운 인연이고 좋은 인연이며 설레는 만남이고 좋은 만남이라고 하셨으니 정말 이와 같은 인연이 되기를 바라는 마음입니다.

세상에 태어날 때 부모님을 잘 만나는 것이 복이요, 성장해서 남편 잘 만나는 것도 복이지만 인생의 안내자인 학교 선생님을 잘 만나는 것은 더욱 큰 복이라고 사려됩니다.

성경에 사람이 계획을 세우나 그 걸음을 인도하시는 분은 하나님이시라고 말씀하셨습니다. 내 마음의 소원을 아시는 신께서 나에게 좋은 교장 선생님과 좋은 담임 선생님을 만나게 해 주신 것은 저에게 큰 복이라고 생각됩니다.

오늘날 배우는 것은 유통기한이 없다. 시대의 변화에 맞춰 배워야 한다는 말씀은 공감이 가는 말씀입니다.

어떤 분이 머리가 고파서 양원에 왔다고 했습니다. 정말 저는 매사에 자신과 용기가 없어 도전해 보지 못했습니다. 이제 부지런히 배워서 그동안 먹지 못했던 마음의 양식을 배불리 먹어 언제 어디서든지 자신과 용기를 가지고 무엇이든 할 수 있는 사람이 되고 싶습니다.

# 내 인생의 장미

**최균자**

지금으로부터 나의 유년 시절을 뒤돌아보고 싶습니다. 두 살 때 해방을 맞이하여 아무것도 모르고 부모님 사랑받으며 다복한 가정에서 자랐습니다. 일곱 살 때 6.25 사변을 맞았을 때도 우리 마을은 아무 문제가 없었습니다.

그런데 대가족으로 살던 나의 집은 아버지가 항상 집에 계실 줄 알았는데, 일제 강점기 때부터 징용으로 차출당하셔서 일본에 가신 것은 너무 어려서 몰랐고 전쟁이 났을 때는 아버지께서 이미 군인이셨던 것입니다. 전쟁에 나가신 아버지께서는 전사를 하시고 우리 마을엔 그때부터 전쟁을 실감하게 되었습니다. 그렇게 전쟁으로 인해 온 집안이 슬픔에 잠겨 있을 때 면사무소에서 입학통지서가 이장으로부터 전해 왔습니다. 할아버지께서 여자라도 제 이름은 알고 쓸 줄 알아야 사회생활을 할 수 있다고 하시어 학교에 입학하게 되었습니다.

그러나 학교생활을 다 마치지 못하고 가사를 돕다가 서울로 상경하여 직장 생활을 하였습니다. 남편을 만나 결혼을 하고 아이를 낳아 기르면서 학교에 입학시키고 보니, 배움이 모자란 나는 아이들을 가르쳐 줄 수가 없었습니다. 마음 깊은 곳에서는 배움이란 커다란 바윗돌을 안고 있는 듯 그 무게를 이기지 못하고 나는 그때부터 기회가 오기만을 기다리고 있었습니다. 그런데 마음속에 묻어 놓았던 배움이 꿈틀거리기 시작했습니다. 늦은 나이에 양원주부학교 문을 두드렸을 때 내 나이 68세. 늦었다 생각했는데 학교에 들어와 보니 나와 같은 친구들이 많이 있었습니다.

훌륭하신 선생님들 가르침에 귀 기울이고 열심히 공부하고 선생님의 말씀대로 따라 했더니 상장도 많이 받았습니다. 열심히 학교에 아픈 몸도 잊어버리고 다니다 보니 벌써 4년 차가 됩니다.

그리고 올해 학교에 다니면서 목표가 한 가지 생겼습니다. 꿈에도 생각 못하던 검정고시를 보기로 마음먹고 더운 여름날 보충 수업을 받기로 했습니다. 나 혼자 자신이 없어서 옆에 계신 언니들을 졸라서 같이 했습니다.

드디어 8월 6일 시험 당일 정해진 교실에 들어가 수험표가 붙어 있는 책상에 앉아 보니 다리부터 떨리기 시작하고 긴장도 되고 흥분도 돼서 가만히 앉아 있기도 불안해져 밖에 나가 한 칸 건너 반 친구들을 찾아가 서로 위로하기도 했습니다. 시간이 되서 시험지를 받고 답지에 이름을 쓰고 나니 시험지가 온통 새까매서 보이지가 않았습니다.

배우면 배울수록 욕심은 커져서 열심히 공부를 했습니다. 그러나 시험을 치고 나니 몹시 허무한 생각이 들었습니다. 오는 길에 내 마음을 아는 듯 비가 오기 시작하더니 그치질 않았습니다. 허전한 마음으로 며칠을 보내고 나니, 25일 합격했다는 연락이 왔습니다. 누구에겐가 미안하기도 하고 부끄럽기도 했지만 이제 내 인생의 장미가 활짝 핀 순간이었습니다. 이 순간을 영원히 잊지 않을 것입니다.

# 즐거운 학교

**고영희**

나는 어느 시골 어촌 마을에서 그리 잘살지도 그리 못살지도 않는 평범한 가정에서 태어났습니다. 학교가 멀리 떨어진 어촌이라 학교 다니기가 만만치 않았습니다.

내 나이 칠십이 넘어 막내아들의 권유로 양원주부학교를 알게 되어 입학하였습니다. 한 자 한 자 배우며 공부를 하니 참으로 즐겁습니다. 더군다나 글을 잘 쓴다는 칭찬을 받을 때는 하늘을 나는 듯이 기쁩니다. 여러 선생님들께서 열심히 가르쳐 주시니 즐겁게 배울 수 있어 감사합니다.

요즈음은 교실에서 친구들과 재잘거리며 떠드는 것도 즐겁습니다. 내 인생에 봄이 온 것 같습니다. 두렵기만 하였던 관공서 일이나 은행 일은 남에게 도움을 받아 일을 처리하였는데 요즈음은 조금씩 혼자 처리하니까 재미있습니다. 남편도 제가 공부하는 것을 적극적으로 응원해 주니 더욱 기운이 납니다.

이 모든 것이 선생님들이 정성껏 가르쳐 주시는 덕택으로 알고 열심히 배우겠습니다.

선생님들이 열심히 가르쳐 주시는데 나이를 먹어서 그런지 제대로 되지를 않아 속상할 때도 있습니다. 잘 잊어버리기는 하지만 그래도 열심히 배워 남은 인생을 즐겁게 살겠습니다.

# 학교 가는 날

김경애

지금껏 살아오는 동안 초등학교를 가야 한다는 생각을 가지고 있었다. 때가 되면 꼭 배움의 문을 두드리겠다고 마음을 먹고 있었다.

옛날 문성국민학교를 조금 다녔다. 오전 오후반이 있었는데 그때 어떻게 공부를 했는지 뭐가 뭔지 전혀 모르고 지나갔다. 누가 나를 가르쳐 주는 사람도 없었다. 늘 마음이 무겁고 한편으로는 기가 죽고 자신감도 없었다.

긴 세월을 기다리다 양원주부학교에 오게 되었다. 입학식 날이 기다려졌다. 학교에 전화도 걸며 알아보았다. 그런데 선생님이

"김경애 씨, 왜 학교에 안 오셨나요?"

하고 물으셨다. 나는 깜짝 놀랐다. 입학날짜를 착각하고 있었다.

금요일에 학교를 찾아 교실에 가서 반 학생들을 보고는 또 한 번 깜짝 놀랐다. 저렇게 많은 사람들이 긴 세월을 나처럼 답답하게 살았구나 하고 생각하니 모든 분들이 친동기간 같은 느낌이 들었다. 동질감

을 느끼니 더 친밀해지는 것 같았다. 이제 한번 열심히 공부해 보리라고 생각을 했다. 나이도 생김새도 천차만별이지만 우리는 하나로 뭉치는 느낌이 들었다. 과목마다 선생님이 바뀌는데 신기하고 호기심에 차 있었다. 처음에 짝이 없어 서운했는데 금방 짝이 생겼다. 기분이 좋다. 열심히 공부하겠다. 학교 가는 날이면 아침부터 즐겁다.

# 다시 찾은 나의 인생

문철순

지나간 세월 나의 삶은 오직 남편과 자식들이 학교 공부 잘 하는 것으로 위로를 삼았다. 우리 부부는 삶이 힘들 때 자식들을 바라보는 것만으로도 세상을 다 얻은 기분이었다. 행복했다.

자식들도 대학을 나와 취직과 결혼, 그리고 분가를 했다. 우리 부부 곁을 떠났다. 이제 두 식구만 남고 살 만해졌다. 그러나 남편은 나만 홀로 두고 하늘나라로 떠났다. 의지할 곳은 믿음뿐이었다. 신앙생활을 열심히 하며 교회 봉사부장으로, 지역장으로 십여 년을 봉사의 삶을 살았다.

그러나 항상 내 마음 깊숙이 자리 잡고 있는 배움의 갈망! 어려서 배우지 못한 한이 있었다. 십여 년 전 옆집 사는 친구가 양원주부학교에 다닌다고 같이 다니자고 하였다. 그 당시는 자식들의 대학 뒷바라지를 하느라 내 꿈은 접었다. 그 친구는 양원주부학교에서 고등부를 졸업하고 대학까지 나와서 매우 당당하게 세상을 살아가고 있었다.

어느 날 나는 진정으로 나를 위하여 살아온 것이 무엇이 있나 하는 생각이 들었다. 그러던 중에 텔레비전에서 양원주부학교의 졸업식 장면을 보았다. 나도 할 수 있을지 걱정이 되었지만 용기를 내어 배움의 문을 두드렸다.

3월 5일 입학식 날! 교장 선생님께서 학교만 다니면 할 수 있다고 하시며 콩나물시루에 비유해 주시는 말씀에 용기가 났다.

"아! 나도 드디어 공부를 하게 되었구나!"

300여 명의 학생이 강당을 채워 나를 응원한다는 느낌을 받았다. 양원 교가가 울려 퍼지고 한복을 입은 학생이 교가를 지휘할 때 눈물이 앞을 가렸다.

'아득히 멀고 먼 길 돌고 돌아…….'

공책을 사가지고 집에 와서 그곳에 쓰여 있는 교가를 읽어 보며 엉엉 소리 내어 울었다. 실컷.

이제 공부를 시작했으니 앞으로 어떤 장애물도 이겨 넘기리라 다짐을 했다.

# 나의 소망

안숙자

저는 어린 시절 학교가 없는 섬에서 태어나서 집안이 가난하여 육지에 나가 학교를 다닐 수가 없었습니다.

배우지 못해 죄인 아닌 죄인으로 66년을 기죽은 삶을 살아왔습니다. 항상 배움에 목말라 하면서도 내가 일손을 놓으면 집안이 안 돌아갈 것 같은 불안감에 용기를 내지 못했습니다. 그러던 어느 날 양원에 다니는 친구를 통해 작년에 문해 1단계에 입학하여 1년을 공부했습니다. 작년 이맘 때 가슴이 콩닥콩닥 설렘으로 입학식을 했었는데 어느새 일 년이 지나 가슴이 벅찹니다.

입학식 날 교장 선생님께서 깜박깜박하는 우리들의 머리를 콩나물시루로 비유해 주시던 말씀이 감명 깊었습니다. 올해 또 그 말씀을 들으니 다시 한 번 감동을 했습니다.

지난 일 년 동안 열심히 가르쳐 주신 선생님들을 뒤로 하고  앞으로 우리를 가르쳐 주실 담임 선생님, 많은 선생님께 열심히 배워서 욕심대로 중학교도 가고 고등학교도 가겠습니다. 하고 싶은 꿈을 꼭 실현할 수 있도록 노력하려고 합니다.

노력하는 어머니로 지혜로운 어머니로 열심히 하겠습니다. 예부터 지혜와 노력을 함께 지닌 어머니를 가진 자녀들이 성공한다는 말이 있습니다. 우리 부모들이 바라는 최고의 소망은 바로 자식들의 성공이 아니겠어요? 엄마인 나 자신이 좀 더 배워서 지혜로워지면 그 음덕이 내 자식에게 갈 것이라고 생각하며 열심히 배우고 익히겠습니다. 그것이 나의 큰 꿈이요, 소망입니다.

# 나에게 찾아온 행운의 3월

**오순례**

나는 시골 산마을 십 리 길을 차도 없이 걸어서 학교에 가야했다. 부모님은 장애인이어서 가정 형편도 어려웠다.

기성회비를 안 낸다고 학교 선생님은 손바닥을 매일 때렸다. 부모님한테 돈 달라고 하면 너는 안 내도 된다며 그냥 가라고 했다. 어린 마음에 창피해서 그때부터 학교에 다니지 않았다.

공부 못한 설움은 나를 늘 기죽게 하고 자신이 없는 세월을 살면서 공부에 대한 열망을 키웠다.

다른 사람들은 나를 고등학교까지 나온 걸로 생각했고 나는 그것을 들킬까 봐 늘 조마조마하며 살아왔다.

그런데 십 년 전인가 라디오를 통해 양원주부학교를 알게 되었고 전화번호를 적어 놓았지만 여러 가지 사정으로 여의치 않아 올 수가 없었다. 늘 호주머니에는 전화번호를 가지고 다녔다. 시골 친구들이 동창생을 만난다고 할 때 얼마나 부러웠는지 모른다. 나는 초등학교도 졸업을 못했으니 동창생이 있을 리 없고, 배우지 못해 눌리고 움츠리며 자신감 없었던 지난 시간들을 무슨 말로 다할 수 있을까?

올 3월 용기를 내어 학교에 전화를 하고 차를 4번을 갈아타고 입학식장에 도착했다. 내가 생각했던 것보다 많은 학생이 모여서 깜짝 놀랐다. 나만 못 배운 줄 알았는데 이렇게 많은 사람들이 공부를 하기 위해 모였나 생각하니 놀랍기도 하고 안심도 되었다.

교장 선생님의 말씀을 들으니 가슴이 뭉클하고 매우 감동이 되어 눈물이 나도 모르게 흐르고 있었다. 이 자리까지 오기가 너무 힘들었고 십 년을 벼르다가 온 것도 정말 잘한 것 같았기 때문이다. 이제 주부학교 선생님들께서 자세하고 확실하게 가르쳐 주시니 날마다 학교 오는 것이 무척 즐겁다.

선생님께서 가르쳐 주시는 대로 차근차근 배워 나갈 것이다.

이런 자리를 마련해 주신 양원주부학교에 감사를 드린다.

# 학교에 오고 싶었어요

**신은영**

입학 날 마음이 설레었다. 얼마나 기다리던 입학이었는지 모른다. 학교에 다니려고 등록을 하고 몇 달을 기다리면서도 마음은 천 갈래로 흩어졌다 모이고는 했었다.

'과연 이 나이에 공부를 해야 할까? 그만 조용히 이대로 살까?'

그러나 다시금 이를 꽉 물고 마음을 다잡았다. 이런저런 사정으로 어릴 때 못 다닌 학교를 한 번은 다녀 보아야겠다고 마음을 고쳐먹었다.

입학식 날 나는 깜짝 놀랐다. 어쩌면 나와 비슷한 처지의 사람들이 이렇게도 많단 말인가. 입학식장을 둘러보면서 나는 오히려 용기가 솟아올랐다.

'그래, 여자라는 이유로, 시대에 떠밀려서 살아온 시간을 이제부터라도 되돌려서 공부를 해 보아야지.'

그렇게 시작한 나의 양원주부학교 생활은 흥분과 탄식과 희망 속에서 어느덧 2단계로 접어들었다. 지금은 우리 반의 급장 일을 맡아서 봉사와 배려의 일도 즐거이 하고 있다.

'배운 만큼 보이고, 아는 만큼 행복해진다.'라는 평소 교장 선생님의 말씀이 정말인 것도 알게 되었다.

자식 잘 키우는 것과 가정만을 위해 사는 것에 삶의 의미를 찾는 것 외에 나의 인생도 중요하다는 것도 알게 되었다. 지금의 희망은 중학생이 되는 것이다. 이 세상이 더 넓고 더 멋있게 보이도록 배움의 시야를 넓혀 갈 것이다.

# 양원인이 된 나의 첫 이야기

유 순

젊어 못한 공부의 한을 양원에서 풀어 볼까 합니다.

양원에 입학한 지도 벌써 여러 날이 지났습니다. 짧은 기간 동안이지만 이것저것 참 많이도 배우고 있습니다.

내가 나를 바라볼 때, 깜짝깜짝 놀라기도 한답니다. 그렇게 어렵던 수학 과목의 나눗셈이 척척 풀어지고 분수의 약분과 각도 계산까지 배웠으니까요.

그동안 천식과 몸살로 호되게 앓기도 했었지요. 이제 서늘해지고 있는 날씨로 점점 호조를 띠고 있기는 합니다. 병원에 20여 일 입원해 있을 때 앞이 캄캄해지기도 했지요.

'이게 무슨 꼴이람! 감기 한 번 앓지 않았는데 늦깎이 공부를 좀 하려고 했더니 웬 폐렴을.'

하지만 하늘도 무심하시지 않으셔서 이제 건강을 회복하였습니다. 병원에 있을 적에도 하루에 몇 번씩이나 한숨을 쉬면서 '나의 배움의 운이 여기까지란 말인가!' 탄식하였으나 이제 다시 학교에 등교하여 그동안의 공백을 메워 나가고 있습니다.

어떤 사람들은 말할 것입니다. 여태도 모르고 살아왔으면서 웬 호들갑이냐구요. 하지만 모르면 말하지 말아야 합니다. 늦게 배우는 공부의 이 기쁨과 환희를…….

# 소중한 인연

이득남

학교, 선생님, 친구 지금은 참 친숙한 단어입니다. 이 년 전 딸들의 성화에 못 이겨 양원주부학교의 문을 두드리게 되었습니다.

입학 전까지 나만 왜 모를까? 내 이름 석 자 쓰는 것조차 가슴이 쿵쾅거렸고 자신이 없었습니다. 심지어 알고 있던 한글도 산수도 자꾸자꾸 잊어 가고 있었으니까요. 이 나이에 공부를 시작하는 것보다는 모르는 삶이 더 익숙했고 한편에는 차라리 모르고 말지 하는 마음도 있었습니다. 새로운 시작이 많이 두려웠습니다. 참 세월이 무색합니다.

어느 순간 우리 딸들은 저한테

"엄마 한번 해 보자, 아니면 안하면 되잖아?"

라며 용기를 주더군요. 두 딸의 손을 잡고 입학식에 참석하였고 입학식에서 저와 비슷한 세월을 보낸 선배, 친구들의 이야기를 듣고 마음이 많이 아팠습니다. 한편으로는 '나만 힘든 시간을 보낸 건 아니었구나.'하는 안도감이 들었습니다.

첫 수업시간 모든 것이 낯설고 서먹했습니다. 속마음을 터놓고 얘기할 기회도 없었고 '이 중에 나만 제일 모르고 있을 거야.' 이런 자격지심도 들더군요. 하루하루 반 친구들과 같이하는 시간이 많아지면서 반 친구들의 이야기를 들을 수 있었고 공감할 수 있었고 이해할 수 있었습니다. 어느덧 닫혀 있는 제 마음의 문은 조금씩 열리고 있었습니다. 어느 순간 우리는 친구가 되어 있었습니다. 같이 웃고, 같이 울고…….

몇 십 년 전 내가 그렇게 원했던 교실 풍경 안에 어린아이로 돌아간 느낌이었습니다. 이제 건강도 챙겨야 하고 손자, 손녀 얘기를 하는 친구들이지만 서로의 안부, 가족의 소식까지 묻는 소중한 인연이 되었습니다.

학교에서 새롭게 배운 한글, 산수가 지난 세월의 먹먹함을 채워 주었다면 새롭게 맺은 인연은 앞으로 인생에 있어 든든한 버팀목으로 제 마음속에 자리 잡게 되었습니다.

새로운 시작에 대한 두려움을 가지고 계신 분들께 절대 혼자가 아니라는 사실을 감히 말씀드리고 싶습니다. 여러분 시작하세요!

# 봄을 찾은 나

김매실

사십 년 만에 드디어 꿈꿔 오던 입학을 하였다. 내가 어린 시절에 할아버지, 할머니께서는 형편이 되는데도 여자는 공부를 하지 말아야 한다고 조선시대 사상을 내보이셨다. 남자 형제들은 모두 공부를 시키는데 나만 여자라는 이유로 학교에 보내 주지 않으셨다. 엄마는 소학교를 졸업하신 분이라 나를 공부시키고 싶었지만 할아버지, 할머니의 반대로 말도 꺼내지 못하셨다.

시대 탓에 집안 탓에 미루던 공부를 시작하게 되었다. 줄을 서서 들어선 입학식장과 처음 보는 친구들과 앉아 있는 교실이 아직 낯설기는 하지만 늘 가슴속에 맺혀 있던 공부를 할 수 있다는 기쁨이 더 크다. 새봄에 새싹이 나듯 지금이 내 인생의 봄인 듯싶다. 나도 이제 할 수 있다.

관공서나 은행에만 가면 가슴이 답답했다. 늘 부탁하는 것도 안타깝기만 했다. 여자들이 배우기 힘든 시절을 보내고 주부로 살면서 공부를 한다는 것은 내게는 오지 않을 일만 같았다. 그런데 드디어 학생이 되었다. 누구의 아내, 누구의 엄마가 아닌 내 이름으로 불리게 되었다. 진달래꽃, 개나리꽃이 만발할 때 매우 마음 설레어 하루하루가 행복하고 즐겁기만 하다. 교장 선생님, 모든 선생님들 정말 감사합니다. 정말로 열심히 하겠습니다.

# 내 인생의 황금기

이옥금

요즘 나는 무척 행복하다.

흔히 인생에는 세 번의 기회가 찾아온다고 하는데 내가 생각할 때 지금이 나의 마지막 기회가 아닌가 싶다. 그렇기 때문에 그토록 원하던 공부를 하는 지금 이 순간이 내 인생의 황금기다. 매우 소중한 시간이기에 한시도 헛되게 낭비하지 않고 최선을 다할 것이다.

나는 젊었을 때 진작 시간을 내서 공부하지 못한 것을 후회하면서 행동으로는 옮기지 못하고 늘 머뭇거렸다.

내가 정말 잘 할 수 있을지 자신이 없었기 때문에 입학식 때 "늦었다고 생각할 때가 가장 빠른 때이다."라는 교장 선생님 말씀은 나에게 큰 힘이 되었다.

그리고 나이를 잊고 마치 지금 막 공부를 시작하는 학생 나이로 돌아가 그동안 배우지 못해 어두운 터널을 걸어왔지만 지금부터는 밝고 환한 길을 걸어갈 것이다.

# 지나가 버린 나의 인생

정금자

어느덧 세월이 지나가고 칠십이 되었습니다. 지금 저는 초등학교 5학년 공부를 하고 있습니다. 아버지께서는 6.25 전쟁 때 돌아가셔서 저는 말로 다할 수 없는 고생을 하였습니다.

어린 시절 다른 형제들에게 조금 더 배부르게 먹으라고 제 몫을 내어 주느라 따뜻한 보리밥 한 끼도 다 못 먹고, 나는 누룽지가 더 좋다며 누룽지로 끼니를 때우던 저는 학교에 다니고 싶다는 말은 할 수도 없었습니다. 친구들이 학교 가는 모습을 뒷골목에서 몰래 보면서 많이 울기도 하였습니다.

시간이 지나 한 남자를 만나 네 아이를 둔 엄마가 되었고 밖에서는 돈 버느라 집에서는 살림하느라 세월이 지나가는 것도 모르고 나 자신을 돌볼 줄도 모르고 살았습니다.

젊은 시절을 열심히 살았던 대가일까요? 자식들이 자라서 아이들을 낳고 저는 이제 할머니가 되었고 형편도 많이 좋아졌습니다. 나를 위한 시간을 보낼 수 있을 만큼 여유가 생겼지만 뒤늦게야 무언가를 배워야겠다는 생각을 미처 하지 못했습니다.

친구의 소개로 양원주부학교를 알게 되었고 처음인 내가 잘 할 수 있을까 걱정이 되어 많이 망설였습니다. 하지만 막상 학교에 가 보니 저처럼 느지막이 공부를 배우러 온 친구들이 많았고 함께 어울릴 수 있어서 좋았습니다. 친구들과 어울리는 것도 배우는 것도 제 인생의 큰 즐거움이 되었습니다.

이제 중학교에도 가고, 고등학교에도 갈 것입니다. 나에게도 꿈이 생겼습니다. 꿈을 이룰 때까지 지치지 않고 열심히 할 것입니다.

# 희망의 배움터에서 꿈을 찾다

**성숙희**

나는 초등학교 5학년 초까지 다니고 집안 사정으로 공부를 못하게 되었다. 아버지께서는 지병으로 직장마저 그만두었고, 집안경제를 어머니가 맡아야 했으며, 나는 6남매의 맏이로 어머니를 도와야 했다. 내 나름대로 야간 초등학교에라도 다녀 보려고 막내 동생을 업고 학교에도 가곤 했지만 공부를 계속하기에는 불가능한 일이었다. 그만큼 공부가 하고 싶었고 배우고 싶었다. 야간 중학교에 갈 기회가 생겨서 부모님께 말씀을 드렸지만 책가방은 문밖으로 버려졌다. 나는 끝내 울면서 공부를 포기할 수밖에 없었다.

살아오면서 언젠가는 꼭 공부를 하겠다고 마음을 먹었지만, 일을 하다가 결혼을 하였고, 공부의 기회는 내게 좀처럼 오지 않았다. 더구나 남편의 사업 실패로 내가 생활전선에 나가지 않을 수 없었다. 시부모님, 삼남매를 위해 배움보다 생활고에 더 신경을 써야 했다. 내가 못한 공부 내 자식에게는 꼭 시켜야겠다고 마음먹고 열심히 살았다.

남편이 51세 나이에 교통사고로 세상을 떠나게 되니 가족을 책임져야 했다.

그래도 시간이 흘러 아이들은 대학 공부 마치고, 결혼도 하고, 자리를 잡아갔다. 그런 뒤에야 나를 돌아보게 되었는데 몸에는 그동안 고생을 해서인지 병이 남아 있었다. 십여 년 간 투병 생활을 하게 되었다.

우연히 TV 속에 주부들이 중학교 과정을 공부하는 사연을 보게 되었다. 양원주부학교에 와서 등록을 하고 입학을 했다. 얼마나 기뻤는지 그 기분은 우리 큰아이가 서울대 합격했다는 소식보다 더 마음 설레었다.

파주에서 학교를 다니는 것이 멀기는 했지만 그건 문제도 아니었다. 배움의 길이 있다는 것이 얼마나 좋은지 모르겠다. 나는 3년 전 부산에서 이사를 와서 아는 사람도 친구도 없는데, 학교에 오니 친구가 생기고 생활의 활력을 준다. 나에게는 얼마나 소중한 학교인지 모른다.

어릴 적 나의 꿈은 교육자가 되는 것이었는데 이렇게 교실에 앉아서 공부를 하고 있으니 마치 어린 시절로 돌아간 듯하고 꿈을 이룰 것만 같다.

희망을 꿈꾸게 해 주는 양원의 교실은 희망의 배움터이다. 양원에서 나의 꿈을 찾게 되어 행복하다. 포기하지 않고 도전하겠다.

# 꿈을 이루려는 마음

유정숙

오랜만에 펜을 잡아 보니 마음이 정말 콩닥콩닥 뛰었습니다. 정말 하고 싶어 했던 공부였지만 그간 용기가 나지 않아 속으로 앓고만 있다가 용기를 내어 왔습니다. 주변 사람들과 친구들을 보면서 '나만 가방끈이 짧은 게 아닌가, 혹은 나만 공부를 안 한 것이 아닌가.'라고 생각했으나 양원학교에 와 보니 많은 분들이 와 있었습니다. 모두 나와 같은 마음이었는지 긴장한 얼굴표정이었습니다. 그 모습이 나의 모습과 같다고 생각하니 조금은 안심이 되기도 했습니다. 어색하기도 하고, 저보다 연배가 많으신 분을 보면 부끄러운 마음도 들었습니다.

교장 선생님의 말씀과 여러 선생님들과 수업을 하면서 다시 한 번 각오를 다지게 되었습니다.

'아직 늦지 않았다. 아니, 어쩌면 나의 인생은 지금부터가 시작이다.'라고 생각을 했습니다.

이제부터라도 나를 1번으로 놓고 생활을 하라는 교장 선생님의 말씀이 제 가슴 깊숙이 와 닿았습니다. 그동안의 나 자신을 뒤돌아보니 나는 없고, 내 주변의 가족만 있었습니다. 나보다는 자식을 위해, 나보다는 남편을 위해 수십 년간 살아왔기 때문에 그렇습니다. 그것이 잘못된 것은 아니나 이제 자식들도 자기 살 길을 살아가고 있으니 이제라도 나를 찾아보고 싶은 마음이 생겼습니다.

평생의 한으로 남아 있던 공부를 하고자 이렇게 책가방을 들었습니다. 이제부터는 나 자신을 위해 늦게나마 시작한 공부에 충실히 하려고 합니다. 이제는 생활의 중심에 나를 세워 놓고 살아가겠습니다. 못다 한 공부에 한발을 내딛었습니다. 이제 더 이상 뒤로 되돌아가지 않고 앞으로 앞으로 나아가는 내가 되겠습니다. 이제 첫걸음을 내딛었으니 대학까지 공부하겠습니다.

나의 꿈은 사회복지사가 되어 나를 필요로 하는 모든 사람을 위해서 봉사하는 삶을 살아가고자 합니다. 내 꿈을 양원에서 세웠으니 꿈을 이루는 그날까지 열심히 하겠습니다.

꿈을 이루고 기뻐하는 나의 모습을 상상하면서 오늘도 행복한 발걸음으로 학교에 갑니다.

# 2부
# 행복한 배움터

# 나의 새로운 꿈을 안고

이우영

지난 가을 배움의 꿈을 안고 양원주부학교에 입학했습니다. 저는 공부가 무척 하고 싶었는데, 집안 사정으로 학교를 다니지 못하고 일만 했습니다. 나의 꿈은 글을 쓰는 작가가 되는 것이었습니다. 나의 꿈을 가슴에 담고 살면서 배움을 갖지 못한 것이 평생의 한으로 남아 있었습니다.

이제 늦게나마 공부를 할 수 있는 기회를 갖게 되어 매우 기쁘고 행복합니다. 모르는 것이 많아 항상 부끄럽고 창피해서 늘 주눅이 들어 지냈고, 나의 가슴속에 돌 하나를 얹어 놓은 듯 저 자신을 짓누르며 꾹꾹 참으며 살아왔습니다. 늘 배움을 갈망하면서도 망설이기만 하고, 내가 배울 곳이 있을까 잘 모른 채로 지냈습니다.

남동생 부부의 소개로 양원주부학교를 알게 되어 등록을 하던 그날은 내 인생에서 최고의 날이었습니다. 처음 학교에 가던 날은 가슴이 몹시 떨리고 설레어 버스를 잘못 내려서 되돌아 학교를 가기도 했습니다. 시간이 흐르고 날이 갈수록 학교에 다니고 있다는 사실이 저는 꿈만 같습니다.

공부를 많이 하고, 글을 꾸준히 써서 작가의 꿈을 이루겠습니다. 군대에 간 아들에게 편지도 쓰고, 시를 써서 보내어 아들 군대에서 제 시가 소개되기도 했습니다. 아들도 저를 응원해 주고 있습니다.

저는 요즘 하루하루가 정말로 행복합니다. 학교에 오면 친구들이 있고, 책을 꺼내고 공책을 펴면서 못해 본 학교생활이 소중하다는 것을 알게 되었습니다. 한 자 한 자 배우면서 대학교까지 도전하고자 하는 목표가 생겼습니다. 꿈을 꾸게 되었고, 용기도 생겼습니다.

이렇게 공부하는 마음을 글로 쓸 수 있어서 행복합니다. 새로운 나의 꿈을 가슴에 간직하게 되었습니다. 감사합니다.

# 내 인생의 봄

김창순

2013년 양원학교 2단계로 입학을 하여 여러 선생님 덕분에 모르는 것을 좀 알게 되어 고맙습니다. 감사합니다.

2단계 생활에서 배움의 중요함을 깊이 느끼고 앞으로 열심히 해야겠다고 다짐하면서 3단계로 올라왔습니다.

부푼 꿈을 안고 새로운 내 인생을 만들기 위해 들어온 양원주부학교. 처음 공부를 해야겠다고 생각했을 때는 고향인 대구에서 해 보았으면 했습니다. 그런데 딸이 알아보고 서울 양원학교가 서울시 교육청에서 인가된 학교라고 서울에 와서 공부를 하라고 하는 것입니다. 공부할 준비를 다 해 놓았다고요.

늦으나마 공부를 하니 나이가 나이인 만큼 알아듣기와 쓰기가 느려 마음이 바빠집니다. 그래도 한 과목 한 과목 열정을 쏟아 내시는 선생님들의 기운을 받아 저도 늘 힘이 납니다. 앞으로 분발하여 가족들한테도 기쁨을 주고 저의 삶도 희망찬 봄날로 가득 차도록 힘차게 걸어가겠습니다.

국, 영, 수뿐만 아니라 글도 쓰면서 내 실력이 한 계단씩 올라갈 때마다 늘 선생님들께 감사한 마음이 넘칩니다. 같이 공부하는 친구들이 꿈을 잃지 않고 중학교, 고등학교 그리고 대학까지 갈 것을 기대합니다.

한 달에 두 번 대구 본가로 가서 어린 손자 얼굴과 친구들을 만나고 오는 날이면 양원주부학교 입학을 위해 대구에서 상경해서 이렇게 공부하는 지금이 내 인생에 봄날이라고 생각합니다.

지금부터 시작이라는 것을 잊지 않고 또 다른 시작을 위해 저는 오늘도 달립니다.

# 콩나물이 되리라

정영순

전깃불도 들어오지 않는 산골에서 7남매의 여섯째로 태어났습니다. “여자는 배우면 안 된다.”는 완고한 아버지 때문에 배움의 기회를 놓쳤습니다. 교복 입은 여학생의 꿈을 동경하며 살아온 세월이 50여 년이 되었습니다.

아이들을 키우며 바쁜 생활 속에서도 늘 배움에 대한 갈망은 있었지만 어디 마땅히 배울 곳을 찾지 못했습니다. 그러다가 동네 아는 형님의 추천으로 일성여자중고등학교를 알게 되었습니다. 노란 입학원서를 쓰고 당당하게 배움의 길로 들어서게 되었습니다.

그렇게도 갈망하고 꿈꿔 오던 배움의 길이 나에게도 열린 것입니다. 일성을 알게 되고 일성에 입학하게 된 것이 저에겐 행운이고 기쁨입니다.

2010년에 막내아들을 불의의 교통사고로 하늘나라로 먼저 떠나보냈습니다. 심한 우울증으로 신경안정제 등의 약으로 버텨야 했습니다.

평소에 취미 생활로 하던 장구, 요가, 사진 등도 모두 끊었습니다. 삶의 희망마저 잃어버린 하루하루였습니다.

그러나 이제 한 가닥 돌파구를 찾았습니다. 바로 나를 사랑하는 일입니다. 배움은 나를 사랑하는 일이고 나를 지탱해 주는 버팀목이 되리라 믿었습니다. 아들의 사고 이후 머리는 더욱 쇠퇴하고 건망증도 심해졌습니다. 그래도 열심히 임해 보려 합니다.

입학식에서 교장 선생님의 말씀처럼 콩나물이 될 수 있으리라 믿습니다. 아니 콩나물이 되겠습니다. 학교생활을 통해 쑥쑥 자랄 저 자신의 모습을 그려 봅니다.

학교를 소개해 준 동네 형님께 감사합니다. "학사모까지 쓰게 해주겠다."며 일산에서 학교까지 등하교시켜 주는 믿음직한 남편에게 감사합니다. 저를 응원해 주는 큰아들과 딸에게도 감사합니다. 든든한 이들이 있어 저는 힘이 납니다.

두렵고 떨리는 마음이 없는 것은 아니지만 훌륭하신 선생님들과 늘 웃으시며 친절하게 맞아 주시는 학급경영자 선생님이 계셔서 마음이 놓입니다. 또한, 배움의 열정이 넘치는 동기생들이 있어 학교로 향하는 발걸음이 즐겁습니다.

선생님, 동기들 모두 사랑합니다. 일성, 아자아자! 파이팅!

# 나는 장한 사람

안금자

3월 3일, 드디어 기다리고 고대했던 입학식이다.

가슴이 벅차다. '입학'이라는 이름만 들어도 가슴이 뭉클하면서 뜨거운 눈물이 흘렀다. 나에게도 드디어 따뜻한 인생의 봄날이 왔다. 나라에서 허락한 당당한 중학생이 된 것이다. 이제는 어디 가서도 굴하지 않고 당당하게 피어나는 새싹처럼 당당한 인생을 살겠다.

중학생이 되고 보니 내 자신이 기특하고 고맙다. 긴 겨울 잘 참고 이겨 낸 내 자신을 칭찬한다. '너는 해냈어. 장하다! 장해! 6학년 졸업장을 받아 중학교에 입학했잖아. 너는 장한 사람이야.' 이제 앞으로 다가올 희망을 꿈꾸며 미래를 향하여 달려가겠다. 텅 빈 가슴속을 지식으로 채우겠다. 텅 빈 가슴을 지식으로 꽉 채우면 마음은 든든할 것이다.

입학을 하니 하고 싶은 일도 생겼다. 나는 영어를 잘 배워서 우리나라를 찾는 외국인 관광객들에게 영어로 우리나라를 안내하고 싶다.

그렇게 하려면 열심히 공부를 해야 될 것이다. 이제 그렇게 될 것을 믿고 열심히 생활하겠다. 어려서부터 공부를 했으면 지금쯤 공항에서 안내하고 있을 텐데 말이다. 언제 그 꿈을 이루게 될지 기대된다.

입학을 하고 나서 친구들에게 중학교 갔다고 자랑을 하고 싶어 입이 근질근질했다. 내 꿈이 언젠가 이루어진다 생각하니 이제 하늘을 날 수 있는 날개를 얻은 기분이다. 학급경영자 선생님께서 가르쳐 주시는 대로 잘 배워 공부 못한 사람에게 가르쳐 주는 사람이 되어야겠다. 자녀들에게도 엄마가 중학생이 되었다고 자신 있게 말할 수 있다. 남편에게도 떳떳하게 말할 수 있다. 남편과 자식들이 공부하도록 도와주고 협조해 준다고 하니 고마움을 느낀다.

새 친구들을 만나 보니 서로가 기뻐서 화기애애한 분위기이다. 교실에 웃음이 꽃을 핀다. 처음인데도 낯설지 않고 오래전부터 만난 친구처럼 친근하다. 우린 한 배를 탔기 때문인가? 감싸 주고 참아 주고 이해해 주고 서로 허물을 덮어 주는 생활을 하겠다. 서로 협력하며 졸업할 때까지 잘 지냈으면 좋겠다.

교장 선생님의 콩나물시루의 비유를 통해 콩나물이 잘 자라듯이 나를 키워 가겠다. 쑥쑥 잘 자라겠다. 일성여자중고등학교를 만들어 주신 교장 선생님께 감사드린다. 이렇듯 좋은 학교를 다니게 된 것은 나의 행운이다. 이제 당당히 중학교에 다니니 아무 것도 부러울 것이 없다. 지난 과거는 강물에 띄우고 이제는 맡은 자리에서 최선을 다할 것이다. 미래를 준비하며 지혜롭게 사는 사람이 되겠다.

희망찬 내일을 향해 앞만 보고 달려가겠다.

# 활짝 핀 봄꽃처럼

**최희민**

저의 본적은 명동입니다. 아버지는 한전에 근무하시다 퇴직하셔서 운수사업을 하셨는데 거듭된 사고로 경제적으로 어렵게 되셨습니다. 초등학교 입학 통지서를 받아들고 좋아했지만 엄마는 내년에 가라고 저를 설득하셨습니다.

입학식 날 학교에 가자고 떼를 쓰다 혼자라도 간다며 학교로 달려갔습니다. 아이들은 이름표와 손수건을 길게 접어 가슴에 달았는데 나만 달지 않았던 기억. 모두 교실로 들어갔고 나 홀로 운동장에 남아 울어야 했습니다.

원망할 줄 모르는 7살 나이에 그저 고개를 떨어뜨리고 발끝으로 애꿎은 땅만 팠습니다. 아직도 허탈했던 그때 기분을 잊을 수 없습니다.

여섯 살에 한글 떼고 구구단 외우니 학교 갈 필요 없다하시던 엄마는 내 나이에 맞춰 1, 2학년 건너뛰고 3학년에 진학시켜 주셨습니다. 환갑을 바라보시는 부모님은 생활고에 여전히 힘들어 하셨습니다. 끼니를 수제비로 먹어야 했기에 낡은 가방 속엔 도시락 한 번 넣어 보질 못했고, 육성회비를 못 내서 매번 쫓겨나기도 했지만 부모님을 한 번도 원망한 적 없습니다. 늘어만 가는 엄마의 한숨에 학교 가기가 싫어졌습니다. 며칠 후면 6학년 졸업인데 돈 많이 벌어 오겠다고 편지 한 장 써 놓고 부산에 있는 언니한테 내려왔습니다.

입학식, 졸업식을 한 번도 경험해 보지 못한 나에게 2014년 3월 3일은 특별합니다. 처음 있는 가슴 벅찬 입학식이기 때문입니다.

친구 소개로 만학도 학교가 있음을 알았고 중학생이 되어 다시 공부할 수 있다니 생각만 해도 행복합니다. 두려움인지 설렘인지 떨리는 가슴을 진정시켜 가며 입학식장 입구에 도착하니 선배들의 환영을 받았습니다. 쑥스럽지만 축하받으니 기분은 좋았습니다.

입학식에 모인 은빛 머리 언니들의 모습들이 아름답고 빛나 보입니다. 교장 선생님이 인사말과 함께 보약이 되는 말씀을 많이 하셨습니다. "우리의 만남은 아름답고 멋진 인연이다. 배운 만큼 보이고 아는 만큼 행복하다." 등 학업에 대한 의욕과 자신감을 심어 주는 말씀에 감사드리며 늘 기억하겠습니다.

인생 후반전, 일도 공부도 열심히 임하는 자신이 되겠습니다. 나의 삶의 방식을 바꿔 보겠습니다. 활짝 핀 봄꽃처럼 제 인생을 꾸미겠습니다.

# 나의 포도나무

이병란

나는 충청남도 조치원 전의면 소정리 광암 넉바위라는 곳에서 태어났다. 소정국민학교를 졸업하고 아버지, 어머니를 따라 서울에 올라왔다. 아버지는 노동을 하시고, 나와 언니는 옷 만드는 가게에 들어가 심부름과 재봉을 배웠다. 그렇게 재봉 기술을 배워 몇 십 년을 재봉을 하며 살았다.

스물여섯 살에 지금의 남편을 만나 딸, 아들 3남매를 낳았다. 시골에 계신 시어머니께서 아이들을 돌보아 주셔서 남편과 열심히 일을 하며 살았다.

아들, 딸들이 초등학교에 들어가니 학교에서 가정통신문을 받았고 부모의 학력을 기재하는 칸이 있었다. '중학교 졸업'이라 썼다. 자식들이 학교 공부를 하는데 가르쳐 주지도 못하고 부끄러웠다.

3남매가 결혼을 하고 이제는 손자들이 "할머니, 이 글씨가 무엇이에요?" 물으니 대답을 못했다. 한참 만에 손자에게 할머니는 영어를 못 배워서 모른다고 대답했다.

나도 배우고 싶다. 마음속으로 생각했다. 형편이 안 되어 공부를 시작하지 못했다. 이제 칠십 세가 다 되어 시작하지만 그래도 정말 좋다. 나이가 들어 죽을 날이 다가오지만 이제라도 일성중학교에 들어오게 된 것이 얼마나 고마운지 꿈을 갖게 해 준 일성여자중학교에 매우 감사한다.

아무 것도 모르는 나에게도 꿈이 생기고 용기가 생긴다. 힘이 난다. 사는 날까지 배우고 싶다. 아는 것이 힘이다.

입학을 하며 결심을 한다. 교장 선생님과 모든 선생님의 가르침을 잘 새겨듣고 열심히 생활하리라 다짐한다. 아무 걱정하지 않고 학우들과 서로 마음을 의지하고 화목하게 생활하리라. 사랑이 넘치는 학교생활을 하고 싶다. 가지가 포도나무에 붙어 있지 않으면 열매가 열리지 않듯이 일성여자중고등학교는 나의 포도나무이다. 일성여자중고등학교와 같은 학교가 있음에 정말 감사한다.

부족하지만 즐겁고 행복하게 생활하겠다.

# 세상에서 제일 행복한 사람

김순임

2014년 3월 3일 일성여자중학교 입학식 날.

아침 일찍 설레는 마음으로 입학식에 도착했다. 끈기가 없는 내가 2년을 매일 학교에 올 수 있을까? 교장 선생님의 훈화 말씀 중 콩나물시루 이야기는 막연했던 두려움을 용기로 바꿔 주는 마법처럼 여겨졌다.

그래 한번 해 보자! 수 십 년간 두껍게 녹슬어 온 뇌 속을 하나하나 벗겨 보자! 모르는 것을 일성에서 배워가자! 지금 내 모습이 자랑스럽다.

매일 아침 다시 열네 살의 중학생으로 되돌아가 책을 들추어 보고 가방을 싼다. 잘 모르는 것은 선생님에게 물어본다. 그러나 낡아 버린 내 머릿속에 그것을 담는 것은 쉽지 않다.

배워도 또 배워도 자주 잊어버리지만 공부를 한다는 것만으로도 지금 나는 세상에서 제일 행복한 사람이다. 남들보다 조금 느리고 더디지만 끈기를 갖고 나아가다 보면 나의 꿈을 이룰 수 있을 터이니 말이다.

나는 오늘도 '배움'이라는 큰 광산에서 '지식'이라는 금덩이를 캐기 위에 학교에 간다. 나는 그것을 갈고닦아 반짝이는 보물로 만들어 내 꿈의 동산에 가득 채우고 싶다.

나는 누구보다도 큰 꿈을 이루는 그날까지 발걸음을 멈추지 않을 것이다.

나는 이제 중학교 1학년 꿈 많은 여학생이기 때문이다.

# 중학교에 입학하고

신혜숙

하고 싶은 공부를 하게 되었다. 일성여자중학교 입학식에 서 있는 내 모습을 보니 가슴이 벅차올랐다. 나에게는 아주 오래전부터 꼭 이루고 싶은 꿈이 하나 있었다. 하지만 꿈을 이루기엔 사는 것이 너무 바빴고 아이들을 키우면서 잊고 있었는데 어느 날 남편의 권유로 잊고 있던 꿈을 다시 한 번 생각하게 되었다. 그 꿈은 바로 '배움'이다.

나는 5남매 중 셋째이며 위로는 오빠가 둘 있었고 아래로는 동생이 둘 있었다. 내가 초등학교 5학년이 될 무렵 갑작스럽게 아버지께서 돌아가셔서 나의 '배움'은 거기서 끝이 났다.

그 이후론 집안을 일으키기 위해 밤낮으로 일을 하였고 오빠와 동생을 뒷바라지하면서 나의 꿈은 점점 멀어져만 갔다. 20대 초반에 결혼을 하였고 아이 둘을 낳아 가르치면서도 '배움'에 대한 꿈은 있었지만 그 당시에는 용기가 없었던 것 같다. 아이들이 고등학교를 졸업하고 군대도 전역하고 이제 각자가 자리를 잡을 때쯤 다시 꿈에 대한 희망이 생기기 시작했다.

오래전부터 내가 공부하고 싶어 하던 것을 알고 있던 남편의 도움으로 학교를 알아보게 되었고 지금 이곳 일성여자중학교에 입학하게 되었다.

솔직히 모든 것이 낯설고 두렵다. 아직 실감이 나질 않는다. 내가 진짜 학교를 다니게 된 것인지 한편으로는 '잘 할 수 있을까? 포기하진 않을까?' 걱정이 앞선다.

그래도 난 포기하진 않을 것이다. 이젠 더 큰 꿈을 바라보고 더 나은 목표를 가지고 성장할 것이다. 중학교뿐만 아니라 더 나가 고등학교를 넘어 대학까지 도전해 볼 계획을 가지고 있다.

이 꿈을 이루기 위해 최선을 다하는 일성중학교 학생이 되겠다.

# 40년 만에 이어진 공부

**유명순**

6년 전쯤 오랜만에 고향 친구를 만났다. 그 친구에게 요즈음 뭐하고 지내느냐고 했더니 마포 염리동에 있는 일성여자중학교에 다니면서 보험회사에서 일하고 있다고 했다. 그 친구 집은 광명시에 있었다.

이 먼 곳까지 다니냐고 묻자 그 친구는 더 먼 곳에서 오는 분들도 많이 있다고 했다. 나는 가까운 북아현동에 살면서 이런 학교가 있는지는 꿈에도 몰랐다. 그래서 나는 오후반을 알아보았으나 시간이 되지 않았다.

지난해 결혼해서부터 해 오던 일을 그만 접게 되었다. 나에게도 기회가 온 것이다. 드디어 설레는 마음으로 지난 8월에 등록을 하였다.

초등학교 졸업장을 보는 순간 수많은 기억들이 마구 솟구쳤다. 중학교 입학을 못했던 기억이 나면서 눈물이 핑 돌았다. 옆에서 늘 응원해 주는 딸이 있어 미소로 마음을 진정시켰다.

마음은 계속 40여 년 전으로 거슬러 갔다. 고향 용인에서 서울로 와서 평화시장에서 일을 하게 되었다. 전태일 선생님, 이소선 여사님, 함석헌 선생님, 옥상 야간교실에 봉사하러 온 대학생 오빠, 언니들……. 잊고 있었던 수많은 것들이 스쳐 지나갔다.

딸이 하는 말 "엄마 즐겁게 다녀야 돼. 절대로 스트레스받지 말고."라고 위로하였다. "그럼, 소풍도 가고 여행도 하고 친구도 많이 사귀고 가벼운 마음으로 다닐 거야."하고 대답하였다.

2월 26일 소집일 날 꿈에 그려 보던 새 책을 받아 집에 와서 책장을 넘겨 보니 머리가 아프고 어깨가 무거워졌다. 아무것도 모르겠는데 잘 할 수 있을까? 힘을 내보자.

3월 3일 입학식 날 아침 일찍 마음을 설레며 마포아트센터를 찾아갔다. 애국가, 교가를 부르며 나도 이 자리에 있는 것이 매우 뿌듯한 기분이었다.

교장 선생님의 "아는 것은 쓰고 모르는 것은 다시 배우면 된다."는 말씀에 무거운 마음이 날아갈 듯 가벼워졌다. 선배님들의 공연을 보며 우리도 배우면 할 수 있을 거야. 부러운 마음에 열심히 잘 해 보자. 그래, 차근차근 해 보는 거야. 즐겁게 봉사도 해 가면서.

# 중학생이 되었다는 것

이난화

제가 드디어 일성여자중학교에 입학을 했습니다. 물론 입학을 앞두고 두려움도 있었고 설렘도 있었습니다. '내가 잘 할 수 있을까?' 하는 걱정이 있었지만 그동안 배우지 못해서 힘들었던 것을 생각하니 걱정은 금세 할 수 있다는 생각으로 바뀌었습니다.

그동안 살아오면서 나만 배우지 못한 것 같아 항상 자신감도 없었고 창피해서 누구한테 이야기도 못했습니다. 서류에 학력난만 나오면 가슴이 답답하고 언제나 주눅이 들어 있었습니다.

가난한 어린 시절이 너무 너무 싫어서 나의 인생에서 지우고 싶을 때도 많았습니다. 주어진 환경에서 나름 열심히 바쁘게 살았지만 마음 한구석은 언제나 배우지 못함으로 허전했습니다.

그러다가 친구를 통해서 일성여자중학교를 알게 되었습니다. 친구의 용기가 부럽기도 했고 나도 하고 싶다는 생각도 들었지만 선뜻 용기를 내지 못하고 망설였습니다. 그러나 이 기회를 놓치면 다시는 기회가 없을 수도 있다는 생각이 들어 친구에게 학교에 가겠다고 용기를 냈습니다.

입학원서를 내고 학교에 와 보니 나만 배우지 못한 줄 알았는데 나와 같은 사람이 무척이나 많았습니다. 여기서는 학력 때문에 위축되지 않아서 좋았고 같은 입장이어서 좋았습니다. 우리 같은 사람에게도 이런 기회를 주시는 일성여자중학교가 있어서 감사했습니다. 물론 학교생활이 힘들겠지만 최선을 다하려고 합니다. 시작이 반이라고 했습니다.

시작했다는 것 그것만으로도 저는 잘한 일이라고 스스로에게 위안을 받습니다. 어렵고 힘든 일은 나중에 생각하고 지금은 제가 중학생이 되었다는 것과 배울 수 있다는 것만 생각하려고 합니다. 모르는 것을 알아 가는 기쁨과 함께 배울 수 있다는 이 설렘을 오래오래 간직하고 싶습니다.

# 두려운 입학식

이재순

저는 경북 김천 가난한 농부의 5남매 중 둘째 딸로 태어났습니다. 제 부모님께서는 아들을 공부시켜야 된다며 딸은 시집가면 그만이라 생각하셨습니다. 공부는 무슨 공부냐고 초등학교 졸업 후 더 이상은 학교에 보낼 수 없다고 하였습니다.

열아홉 살경 돈 벌어 공부하겠다며 서울로 왔지만 그것 또한 만만치 않았습니다. 낮에는 직장 다니며 밤에는 야간 중학교를 다녔습니다. 졸업을 앞두고 결혼으로 인하여 중퇴를 하게 되었습니다. 남편은 대학을 나온지라 저는 고등학교를 졸업했다며 거짓말을 하고 결혼을 하였습니다.

영어도 좀 알고 한문도 조금은 알기에 학력은 탄로 나지 않았습니다. '때가 되면 공부해야지, 공부해야지.'했지만 생활이 따라 주질 않았습니다. 막내딸이 성장하면 다시 공부하기로 계획을 세웠으나 그것 또한 마음대로 되지 않았습니다. 미용실을 포기하는 것도 결코 쉬운 일이 아니었습니다. 그러나 배움 또한 포기할 수 없었습니다.

2012년 미용실에 온 손님이 일성여자중고등학교를 졸업 후 대학을 합격했다며 자랑을 했습니다. 저는 얼른 전화번호라도 알려 달라고 했습니다. 학교 가고 싶은 사람이 있으면 소개를 하겠다고 했지만 사실은 제가 다닐 생각이었습니다.

2012년 입학금을 내고 등록하였으나 용기가 나질 않아 2013년으로 미루고 2014년 3월 1일 제 딸의 결혼과 함께 3월 3일 입학식 날이 되었으나 두려움이 생겼습니다.

'갈까? 말까?' 미용실에 한 발, 학교에 한 발, 제 마음속에서 두 마음이 싸우고 있었습니다. '오늘 참석을 한 다음 결정해도 늦지 않겠지? 과연 할 수 있을까?' 거의 밤마다 잠을 이루지 못하였습니다. 그러나 입학식 날 저보다 연세 많은 어머님들을 보고 용기가 생겼습니다.

3월 4일 저는 또 남편에게 거짓말을 하였습니다. 사실 중학교를 졸업했는데 고등학교를 다니려고 하니 오랜 세월이 흘러 중학 과정부터 시작한다고요. 제 남편도 아마 그럴 거라고 본인도 초등학교 손자 산수를 보니 아무것도 모르겠다며 열심히 해 보라고 했습니다.

며칠 되지 않았으나 우리 반 학생 모두 정말 좋으신 분 같아 걱정을 미루기로 하였습니다.

"He can do. She can do. why not me." (남들은 다 하는데 나는 왜 못해!)

어느 한국 분이 미국에 가서 성공하여 이런 말을 했는데 이 글귀가 제 머릿속을 떠난 적이 없습니다. 학교생활을 하면서 어려운 일이 생기면 아마도 저는 이 글귀를 떠올리면서 열심히 공부를 하고 있겠지요. 4년 동안 열심히 노력하여 대학을 목표로 정하고 앞으로 전진하겠습니다.

2년 후 한명의 낙오자 없이 졸업식에서 다시 만나길 바라며!

# 이제 다시 시작합니다

최정임

저는 어린 시절 경상남도 합천군 옥계초등학교에서 졸업을 했지만 가정 형편이 어려워서 3개월을 다니다가 3개월을 쉬는 일이 반복되면서 졸업을 하게 되었습니다. 그렇게 힘들게 졸업을 했습니다.

19살에 결혼을 해서 4남매를 낳아 기르면서 장사를 시작했습니다. 장사를 하면서 영수증을 매일 써야 하는데 받침도 맞지 않아 손님들에게 부끄럽고, 살아가는 데 많은 불편과 괴로움을 느껴야 했습니다. 특히 자녀를 키우면서 딸아이가 엄마는 학교를 어디까지 나왔냐고 물어볼 때마다 대답하기가 힘들었고 책을 들고 물어볼 때는 정말 힘들고 괴로웠답니다. 그때 학원을 가려고 남편과 상의를 했으나 지금 형편상 당신까지 공부하는 것은 너무 힘들지 않겠냐고 아이들을 다 키워 놓으면 꼭 공부를 시켜 주겠다며 약속을 해 주었습니다.

세월은 흘러 4남매 모두 대학교까지 마치고 자기 짝들을 찾아 시집, 장가를 보냈습니다. 손자들이 영어로 된 동화책을 읽어 달라고 했을 때 할머니는 영어를 모른다고 했습니다. 그 다음부터 손자들이 할머니는 글을 모른다며 이야기할 때의 답답한 마음은 이루 말할 수 없었습니다.

산 넘어 산이라는 생각이 들고 내 자식들한테 부족함을 보여 주는 것보다 손자한테 보여 주는 것이 더 괴로웠습니다. 그래서 지금이라도 공부를 해야겠다는 결심을 하게 되었는데 마침 지금 양원초등학교에 계시는 권정애 선생님의 권유로 일성여자중학교에 오기로 결심을 했습니다. 지금은 우리 아들, 딸도 응원하고 있습니다. 나는 항상 공부를 하고 싶어 많은 노력을 해 왔지만 여러 가지 여건이 따라 주지 않아 속상했는데 이제는 모든 것이 잘될 것 같은 마음입니다.

학교에 와서 보니 정말 잘 왔다는 생각이 듭니다. 정말 신나고 재미있습니다. 우리 3반 학우들도 재미있고 좋은 사람들입니다. '나도 좋은 사람에 속해야지.'하는 마음이 절로 생깁니다. 매시간 다른 선생님들이 오시는 것도 신기하고 즐겁습니다. 선생님들 모두가 열과 성을 다해 가르쳐 주시는 게 정말 고맙습니다. 그래서 저는 중학교만이 아니라 고등학교, 대학까지 갈 수 있도록 노력해야겠다는 생각을 합니다.

우리 큰손자가 할머니 힘드신데 무슨 공부를 하느냐고 할 때 "할머니는 어릴 때 형편이 어려워 학교를 가지 못했다. 그래서 내가 힘이 닿는 데까지 열심히 하겠다."는 말을 했더니 "할머니 그럼 저와 같이 대학교까지 가세요!"라는 말을 했습니다. 그래서 더 열심히 해서 대학교까지 가겠습니다.

# 나도 중학생입니다

**고영숙**

2014년 3월 3일 드디어 오늘 중학교에 입학하는 날이다. 지난밤 기대하는 마음과 설레는 마음으로 잠도 제대로 못 자고 새벽 5시에 일어나서 이런저런 준비를 하며 아침을 먹는 둥 마는 둥 한 숟갈 뜨고 마포아트센터로 달려갔다.

버스에서 내려 걸어오다 보니 저 멀리 눈앞에 꽃밭을 이루듯 울긋불긋 예쁜 그림이 눈에 보였다. 가까이 와 보니 선배님들의 한복자태이다. 나는 뛰는 심장을 왼손으로 쓰다듬으며 '괜찮아, 흥분하지마.' 하며 입구로 들어섰다. 선배님들이 마치 나를 기다리듯 "입학을 축하합니다."라고 말해 줄 때는 눈물이 왈칵 쏟아지려고 했다. "감사합니다. 고맙습니다."를 반복하며 안으로 들어왔다.

시계를 보니 9시 5분. 벌써 홀에는 친구들이 반 이상 차 있었다. 저들도 나와 같은 마음이려니 하고 자리에 가만히 앉아서 내 삶을 뒤돌아보았다.

너무도 가난했던 어린 시절 6·25때 고향을 버리고 타향에 와서 목구멍에 풀칠도 못하는데 학교에 가는 것은 감히 상상도 하지 못했다. 생계를 위해서 행상을 나가시는 어머니를 대신해 남은 동생들은 내 몫이 되었다. 먹이고 업고 씻기고 재우고를 반복하는 생활이 계속되었다. 이제 와서 생각해 보면 내 자신이 불쌍하고 가여웠다. 결국 나는 초등학교를 못 다녔다.

얼마나 암흑 같은 세상을 살았는지 생각조차 하기 싫다. 그러나 나는 언젠가는 꼭 학교라는 곳을 가 보리라는 마음을 버리지 못했다. 2005년 중검에 합격하여 오늘에서야 일성의 문을 두드렸을 때 내 마음은 벅차올랐다.

이런저런 생각을 하고 있는데 진행하시는 선생님 목소리가 들렸다. 행사 전에 선생님께서는 선서, 국기에 대한 경례, 교장 선생님께 인사하는 법을 가르쳐 주셨다. 교장 선생님의 훈육 말씀은 정말 가슴에 와 닿는 말씀이었다. 교장 선생님이 저희들 바라보시는 눈이 '얘들아, 걱정하지마. 내가 네 마음 다 안다.'하시는 표정이시었다. 순간 감동하는 마음은 무어라 말 못한다. 교장 선생님께서 우리들에게 꿈과 용기, 희망을 주시고 마음도 풍성하게 채워 주셨다. 곧 진행하시는 선생님께서 학생을 위한 잔치가 있다고 하셨다.

먼저 국악 동아리가 고운 한복을 입고 〈아리랑〉으로 우리들의 마음을 즐겁게 해 주셨다. 다음은 합창, 또 음악 선생님께서 〈오쏠레미오〉를 부르실 때는 감동이었다. '나도 음악 공부 열심히 해서 합창부에 들어가야지.'라고 마음으로 다짐했다. 모든 순서가 끝나고 이숙영 선생님을 따라서 교실로 들어가서 앉으니 교실이 학생으로 꽉 차 있었다. 동병상련이라고 친구들을 만나니 정말 행복했다.

'포기하지 말고 꼭 해내야지.'라는 생각을 했다.

# 50년 만에 찾은 학교

**배선옥**

지구 한 바퀴를 돌고 돌아 다시 제자리에 온 듯 크게 심호흡을 해 보는 시간이다. 문장 제목이 그렇지 아니한가? 까마득한 그 때 그 13세 소녀 선옥이로 돌아가 본다. 이 눈도 침침한 내가 꿈 많던 그 시절로 회상해 본다는 것은 축복이다.

어려서부터 난 엄마를 좋아했나 보다. 참 당연한 아이의 마음이었다지만 난 유독 심청이 노래를 참 좋아했다. 심청이의 그 효심을 꼭 닮고 싶었으니까. 그러니 노래조차도 심청이의 노래가 좋을 수밖에. 왠지 흥얼거리고 싶다. "공양미 삼백 석을 절에 바치며 아버님의 멋있는 눈 뜨시게 되면 이 한 몸 더 바랄 것 있으오리까. 불효 여식 심청은 팔려 갑니다." 참 이 노래를 가르쳐 주신 선생님이 누구인지조차 기억을 못했을까? 반성해 보네. 오직 심청이만 각인됐을까?

열세 살. 나의 졸업을 앞두고 우리 아버지는 세상을 뜨셨다. 그 일은 홀로 된 우리 엄마, 오남매의 젊은 과부라고 불리는 남편 없는 여자셨다는 그 불쌍한 나의 엄마를 위해 내가 심청이가 되어야 함을 결심하게 된 동기가 되었다. 무슨 대단한 효녀가 된 것인 양 말이다.

내 나이 지금 예순 셋! 딱 50년 후 현재의 나! 이제 내가 그토록 좋아했던 엄마를 한 줌의 재로 땅에 묻어 드린 지 한 달이 넘어가는구나. 지금 내 몸은 어디에 앉아 있는가? 서울, 그 유명한 한양 아니던가. 철원 산골 그 시절 통학하는 친구가 부러워 까치발로 담 사이 살짝 쳐다보면 그 교복이 멋있고, 입고 싶고, 그래서 옷을 살 땐 곤색 후레아 스커트에 흰 블라우스, 그것도 비스듬하게 칼라를 흉내 내어 맞춰 입곤 했지. 요즘 말로 짝퉁 학생! 그렇게 흉내를 내어 보곤 했다.

지금은 짝퉁이 아닌 정직한 명품일세. 일성여자중학교 1학년 4반 담임, 아니 요즘은 용어가 학급 경영자라 하셨다. 지구 한 바퀴 돌아 제자리 앉고 보니 흰머리에 걸음도 조신하니 넘어질까 언덕을 헉헉 오르내린다. 희망찬 새 학년이 분명한데 참 분명한데, 난 지금 심호흡하며 삶을 되돌아보고 있다. 무식하기 때문에 무식했기 때문에 지혜롭게 삶을 살고자 철학 책을 읽고 묵상하고 그렇게 지혜롭게 인생을 엮어 내었다고 스스로를 위안하며 겪어 내왔다.

이제 나의 시간은 꿈꾸는 소녀가 아님을 잘 안다. 매우 잘 알고 있다. 인생이 계획대로 되는 것은 아니지만 한순간 영원처럼 살고 싶다. 내 한 사람으로 인하여 그 누군가 기쁘고 위안이 된다면 감사한, 하나의 촛불이라도 되었음에 만족한다. 바로 이 학교! 이곳 스승님! 이곳의 이념에! 바로 나에겐 하나의 촛불이심에 머리 숙여 감사드린다.

# 빛나는 다이아몬드가 되기 위해

이민애

만물이 소생하는 꽃 피는 봄, 3월이다. 어느 해보다도 뜻 깊은 한 해의 시작종이 울려 퍼진다. 우선 늦깎이 일성여중 입학을 자축하며…….

작년 2013년 10월 어느 날 뜻밖의 새로운 소식을 접했다. 친언니가 벗으로부터 "일성여중고를 졸업하고 대학 진학을 한다."는 희망의 소식을 알려 왔다. 나이를 제한하지 않고 다닐 수 있는 귀한 공부의 터전이 있다는 소식에 정말이지 가슴 벅찬 감동을 안고 일성여중에 등록했다.

7남매 중 여섯째인 나는 어린 시절 지병으로 인해 중학교 1학기도 마치지 못하고 학업을 중단해야 하는 쓰디쓴 아픔을 겪었다. 지금도 모진 일들을 겪으며 어느 사이 오십이 넘은 중년의 여성으로, 건강에는 별 문제없이 평범하게 살아가고 있다.

언니와 나는 간간히 학업에 대한 열망을 이야기하곤 했다. 나이는 늦었지만 학업의 꿈을 버리지 않고 틈나는 대로 여기저기 찾아다니며 영어도 배우고, 한문도 배우고, 그러나 그것도 잠시였고 언제나 가슴 한쪽은 텅 비어 있던 터였기에 바로 학교에 입학을 결정할 수 있었다.

작년 11월부터 신입생 특강을 듣게 되었고 드디어 합격소식과 함께 일성여중 입학식을 치르게 되었다. 잔잔한 미소의 이선재 교장 선생님의 격려의 말씀과 더불어 음악 선생님의 아름다운 선율의 노래, 후배들을 위해 고운 의상으로 공연을 해 주신 선배님들의 모습에 절로 미소를 지었다. 입학식을 무사히 마치고, 오늘부터는 진짜 중학교 1학년 학생으로 새로운 시작을 하고 있다.

한편으로는 시작이 반이라 했지만 나 또한 무사히 선배들의 발자취를 따를 수 있을까 하는 무게감도 깊이 느낀다. 많은 일들이 있지만, 100세 시대를 살고 있는 입장으로 '최대의 위기가 최상의 기회'라 생각하며 새로운 모습으로, 새로운 삶으로, 지금부터 시작이라는 마음가짐으로 출발하려 한다.

앞으로 몇 년 동안 새로운 기회를 만들어 주실 교장 선생님과 모든 과목을 책임지시는 선생님들께 깊은 감사를 드린다. 그리고 함께 공부를 시작하자고 손을 내밀어 준 언니와 귀한 공부의 터전을 알려 주신 선배이자 언니 친구 분께도 깊이 감사드린다.

빛나는 다이아몬드가 되기 위해 최선을 다할 것이다.

# 꿈의 날개를 활짝

**이정순**

경제적인 어려움이 많았던 어린 시절, 7남매의 넷째인 나.

지금 생각해 보면 부모님 말씀 잘 듣는 착한 아이였던 것으로 생각이 든다. 어려운 살림이다 보니 더욱 그랬겠지만 초등학교 졸업 후 중학교를 보내야 한다는 생각이 없으셨던 것도 같았고, 나 역시도 "꼭 학교에 보내 줘요."라는 말도 해 본 적이 없었던 것 같다. 그냥 그렇게 '부자인 애들만 중학교에 가는구나.' 생각을 하며 그 시절은 지나가 버렸다.

철이 들면서 못 배운 것이 나 자신을 뭔가 떳떳하지 못하게 하는 걸림돌이 된다는 것을 느끼기 시작했다. 정식 학교는 때가 지났으므로 다시 다닌다는 생각을 할 수가 없어 학원을 다니면서 조금씩 공부에 도움이 되는 것을 배워 보기도 했다.

하지만 마음 한구석에는 늘 다시 배워 보고 싶은 욕망이 나를 잠재우지는 못했다. 그러던 중 친구로부터 일성여중을 알게 되었다. 왜 진작 이런 학교가 있다는 걸 몰랐을까. 소식을 듣자마자 학교로 달려와 입학원서를 내게 되었다. 설렘 반, 걱정 반으로…….

잠시 쑥스러움도 있었지만 내가 늘 원하던 것이었다는 생각에 용기를 내보기로 마음먹었다. 기다림 속에 드디어 입학식 날이 되었다. 뭔가 실감이 나지 않았지만 모두가 같은 마음으로 모인 사람들 속에 함께 있었고, 이미 먼저 용기를 내었던 선배들의 행복해하는 모습을 보며 묘한 설렘을 느꼈다.

입학생 모두에게 교장 선생님께서 해 주셨던 말씀 중 '콩나물시루'에 대한 말씀이 생각난다. 앞으로 4년 동안 헤쳐 나갈 길이 멀게만 느껴지고 부담감이 있었다. 그러나 시루 속의 콩나물처럼 열심히 지치지 않고 학교에 다니다 보면 잘 이끌어 주시겠다는 선생님들의 마음을 확인했다. 꿈의 날개를 활짝 펴 볼 것을 다짐해 본다.

4년 후 변한 나의 모습을 생각해 보면 가슴이 떨린다. 교장 선생님과 일성여중의 모든 선생님들께 감사의 말씀을 전한다.

# 나만의 아름다운 꿈을 찾아서

**민부기**

이날이 오기까지가 이다지도 길고도 먼 길이었던가? 상기된 마음으로 입학 소감을 써본다. 다른 사람도 그랬듯이 나 역시 첩첩산중에서 딸 다섯, 아들 하나 육남매로 태어나 너무도 가난했기에 어린 나이에 일찍부터 공장으로 돈을 벌러 가야만 했다.

부모님 말씀은 딸 부잣집 외아들이니만큼 딸들이 돈 벌어서 아들만이라도 대학을 가르쳐야 한다고 했다. 그렇게 살다 보니 혼기가 차 결혼을 해서 딸 하나, 아들 하나 둘을 낳았다. 개인만 가난한 게 아니고 나라도 얼마나 가난했으면 인구 늘어나는 게 겁나서 산아제한까지 시켰을까.

우리 세대는 너나 할 것 없이 지긋한 가난 때문에 내가 못 배운 한과 가난만은 대물림하지 않으려 했다. 밤낮을 가리지 않고, 뒤도 없고, 돌아볼 사이 없이 앞만 보고 달렸다. 참 삶이란 게 갈수록 태산이라더니 월세부터 시작을 하여 전세를 가야 했다. 자식이 중고등학교에 가니 집을 사야 했다. 자식이 대학 가서 취직하니 결혼시켜야 했다. 무에서 유를 창조하기란 어렵듯이 엄청난 가시밭길을 걸었다.

어쩌자고 어디까지 배웠냐는 등 학력을 조사하는 것이 그리도 많은지. 그 놈의 학력이 사회에 그리도 필요한지. '중졸'이라 체크를 하고는 거짓말을 한 게 죄지은 것 같아 왜 그다지도 마음이 편치 않았던가!

자식들에게만큼은 절대로 거짓말은 안 된다고 가르쳤으면서 죄 아닌 죄를 져야 하는 게 너무나도 속상했다. 언젠가는 꼭 배워서 학력을 물으면 떳떳하게 "고졸"이라고 자신 있게 대답하리라. 가슴속 한을 품고 살았다.

하지만 공부를 하려면 어디로 가야 하나 구청으로 아니면 주부학원으로 두려움도 매우 컸다. 어느 때 어떻게 배울 것인가 고민 중이었는데 어느 날인가 TV를 보니 일성여자중고등학교 졸업식이 소개되었다. 졸업생이 700명이라며 배우고자 열의를 가진 사람들은 일성학교로 오라는 거였다. TV자막으로 일성학교 전화번호가 나오는 게 아닌가. 그때가 2012년 2월이었다.

마음으로는 당장에라도 학교에 가고 싶은 마음이 굴뚝같았다. 아직 해야 할 일이 남아서, 아직 결혼하지 않은 아들이 있어, 형편상 다니던 직장을 그만둘 여건이 되지 않았다. 일성학교 전화번호를 고이 간직한 채 언젠가는 반드시 일성여자중학교에 꼭 가리라는 꿈을 가슴속에 간직하고 열심히 묵묵히 살았다.

9개월 후에 아들은 결혼을 했다. 그리고 1년 후 아들의 공부를 해보시라는 말에 얼마나 기쁜지 하늘을 나는 기분이었다. 바로 일성여중에 전화해서 2013년 12월 7일부터 학교에 등교하고, 2014년 2월 26일 예비소집, 3월 3일 입학을 한다니 입학 전날은 얼마나 상기되고 마음이 들떠서 밤새 잠 못 이루었다. 책을 펴 보니 눈앞은 깜깜절벽 그토록 기다리고 고대하던 날이 왔는데 어찌 이리도 심장은 두근두근할까. 공부는 잘 따라 할 수 있을까. 설렘 반 걱정 반이었다.

옛날에 김영삼 전 대통령께서 대통령 되려고 유세할 때 하던 말이 떠올랐다. 닭 모가지를 비틀어도 새벽은 온다더니 아무리 잠 못 이루고 뒤척여도 밤은 지나고 날이 밝았다. 입학식장에 도착하고 드디어 입학식이 거행되었다. 국기에 대한 경례, 교장 선생님 말씀, 시 낭송하는 선배의 아름다운 목소리, 중학교 재학생인 선배의 입학 소감을 읽을 때 구구절절한 사연이 내 일과 같았다.

하염없이 눈물이 쏟아졌다. 오늘이 얼마나 기쁘고 행복한 날인데 눈물을 그치려고 무한히 애를 써도 그동안 참고 살아온 세월이 가슴 속에 응어리가 폭발하여 기쁨의 눈물, 서러움의 눈물이 함께 어우러져 입학식 내내 흘러나왔다. 강단에는 국악 동아리, 음악 동아리, 내빈석에는 일성여중고등학교를 거쳐 4년제 대학을 졸업한 숙명여대 석사학위자 등이 등장했고, 신문 기자들이 여기저기 플래시를 터트리고 나는 갑자기 대단한 사람이 된 것 같고 감히 상상도 못했던 생소한 일들이 눈앞에 이루어지고 꿈을 꾸는 듯했다.

나도 배우면 선배들처럼 저리도 멋진 사람이 될까 머릿속은 하얗기만 하다. 그래 교장 선생님의 말씀이 모르는 것이 아니라 익숙지 않은 것뿐이라고, 공부는 저절로 되는 거다, 잊어버리는 것은 지극히

정상인 것이다, 교통정리를 잘하자, 그래 맞아. 이 먼 길을 굽이굽이 돌고 돌아 여기까지 왔다. 48년을 숨죽이고 살았다. 강산이 다섯 번이 변했는데 잊어버리는 것은 당연지사. 선생님 말씀을 반복해서 듣다 보면 저절로 머릿속에 입력이 되는 거야. 가족들도 적극적으로 후원하니 무엇이 두려우랴. 어차피 제2의 인생을 시작하였으니 열심히 최선을 다해서 공부에만 전념해 앞만 보고 가는 거야. 영어 한번 시원스레 술술 읽어 보는 것을 얼마나 원했던가. 열 번 찍어 안 넘어가는 나무 없다는데 복습 또 복습하는 거지 뭐! 젊은 날에 가족을 위해 생활전선에서 그러했듯이 이제는 제2의 인생 멋지고 행복하고 보람있는 삶을 향하여 모든 열정과 자신감을 가지고 전진 또 전진하련다. 나만의 아름다운 꿈을 찾아서.

# 새로운 시작

박두례

나는 지도 끝자락에 있는 어느 조그만 바닷가 마을에 8남매의 셋째 딸로 태어났다. 그 시절 초등학교에 다닌다는 것은 비록 헌법상 보장되는 국민의 의무였지만 차라리 호강스런 시절, 선생님이 부족하여 한 학급에 80명을 육박한 학우들 속에서 수업을 들었다. 그나마도 의무교육이라는 보호막이 사라지니 중학교에 입학하는 아이들은 극소수에 불과했고 나는 아버지의 병환으로 자연스럽게 학업을 포기해야 했다.

초등학교 때부터 우리 8남매는 쓰러진 가장을 대신해 어머니와 함께 집안을 세워야 했다. 형제들과 밭에 함께 나가 담배나무를 심고 매일 물을 주며 잎을 따고 조그만 손으로 뾰족한 칼을 움켜쥐고서는 줄기를 가르고 건조시켰다. 가을 목화가 필 때는 저녁을 먹고 목화솜과 껍데기를 분리하는 일을 저녁 늦은 시간까지 해야만 했다. 학교에서 숙제를 내 주면 숙제할 시간이 없어 틈틈이 짬을 내보아도 숙제를 하지 못했다고 종종 벌을 받았고 수업을 들어야 할 시간에는 바닥난 체력에 졸음이 쏟아져 열심히 가르치시는 선생님 속을 태우기 일쑤였다.

아버지의 약값과 수술비에 우리 가정의 희망이었던 오빠의 학비를 보태기 위해 열네 살이 되는 해부터는 언니와 함께 객지 생활까지 했다. 내가 오빠로 태어났다면 오빠보다 더욱 열심히 공부할 수 있었을 텐데 왜 나는 중학교에 보내지 않았느냐는 투덜거림은 언제나 내 가슴속에만 묻어 두고 단 한 번도 어머니에게 말하지 않았다. 우리 가족들 생각에 제일 마음 고생하셨을 어머니께는 더 무거운 짐을 드리고 싶지 않았지만 철없는 내 마음을 읽으셨는지 어머니는 "언제든 중학교에 입학한다면 학비는 꼭 보태 주마."하는 약속만 하셨다.

언젠가는 못다 한 학업을 마치고 말겠다는 나의 열망은 시간이 지나갈수록 더욱 강렬해졌고 아이들이 장성하고 금년 어느 기사를 통해 일성여중의 존재를 알게 되었다. 나이를 먹고 아이들이 관련되지 않는 일에 이렇게 가슴 설렌 적이 또 있었을까.

하루하루 새로운 의미를 부여하고 공부를 하던 중 그와 동시에 내 몸에 악성 종양이 있음을 알게 되었다. 하늘이 무너지는 것 같았지만 이제야 걸을 수 있는 내 꿈의 길을 결코 포기할 수 없었다. 폐를 절제하는 수술일은 2월 10일, 일성여중 입학시험은 2월 7일에 있었다. 입원을 해서도 틈틈이 공부를 한 조그마한 노력이 성과가 있었는지 결국 수술 당일 합격 통보를 받았다. 희망이 보였고 자신이 생겼다. 어떤 수술도 이겨 낼 수 있다는 생각을 했고 3시간 넘는 수술을 무사히 끝마쳤다. 오른쪽 폐의 2/3를 절개하는 대수술이었음에도 숨이 간신히 쉬어지는 위험한 상황이었음에도 희망이 있음에 가슴이 벅찼다.

일성여중 입학식. 서둘러 집을 나와 스크린 도어 앞에 서서 전철이 도착하는 순간 여러 가지 감정으로 왈칵 눈물이 쏟아질 것 같았다. 너무나 멀리 돌아온 것 같은 내 인생 그리고 수술 후의 통증이 가슴속에 온전히 남아 있지만 빠르게 가는 것이 아닌 바르게 가는 것이 인생임을 알기에 그리고 가슴속에 있는 순수한 열정과 설렘이 있기에 지금 이 순간이 매우 행복하고 감사하다. 일성여중 1학년 박두례 꿈을 향한 첫 걸음, 입학식, 내 학창 시절은 다시 시작되었다.

# 이제 시작

**이옥선**

내 나이가 68세, 이제 나도 중학교에 입학을 하게 됐습니다. 초등학교에서 지난 4년의 시간 동안 공부를 하면서 나이가 많아 기억력도 떨어지고 이해가 되지 않아 남몰래 울기도 참 많이 했습니다. 허리 척추 수술을 하고 나서 너무도 힘들어서 학교를 그만두고 싶은 때가 한두 번이 아니었습니다. 그때마다 선생님과 친구들의 격려와 사랑으로 다시 마음을 잡고 열심히 노력하였습니다.

입학식에서 교장 선생님께서 "콩나물시루에 물을 주면 물이 빠져나가지만 그래도 콩나물을 자란다. 학생 여러분이 앞으로 해야 할 공부도 이와 같다."라고 격려해 주셨습니다. 정말 깊고 기억에 남는 귀한 말씀이었습니다. 또한, "공부는 포기하지 않고 하기만 하면 저절로 된다."고 말씀하셔서 한바탕 웃음이 터져 나오기도 했습니다.

이런 제가 지금은 학교에 다닌 지 일주일이 다 되어 갑니다. 부족하지만 여러 선생님들께서 노력하는 학생으로 거듭나도록 많이 가르쳐 주시고 이끌어 주시고 도와주시니, 어느새 두려움도 사라지고 공부하는 것이 즐겁습니다.

# 나도 이제 여중생

김영숙

추운 겨울이 지나고 봄이 오고 있다.

3월 3일에 입학식을 하고 이제 중학교에 다니고 있다. 얼마 전에 초등학교 졸업식을 했는데 졸업식과 입학식의 기분은 다른 것 같다. 서운함과 설렘이 교차했고 앞으로도 잘 해내자고 스스로에게 다짐했다. 힘들어도 포기하지 않고 열심히 노력하고 싶다. 단발머리에 하얗고 빳빳한 깃이 있는 교복을 입는 그 시절로 돌아갈 수는 없지만 마음만은 중학생이다.

초등학교보다 공부도 어렵고 힘들지만 새로운 것을 배운다는 기대감에 수업시간도 금방 지나간다. 중학교에 오니 새로운 짝꿍도 생기고 새로운 선생님도 만났는데 우리에게 많은 가르침을 주시고 친절하시다. 초등학교 다닐 때에는 학교라는 분위기에 익숙해지느라 여러 가지를 느끼고 생각해 보지 못했는데 중학교에 와서는 틈틈이 책을 읽고, 한자와 영어 공부도 열심히 하려고 생각했다. 나에게 다시 올 수 없는 소중한 시간인 것이다. 좋은 음식을 먹고 열심히 운동도 하고 건강관리 잘 해서 건강한 학교생활을 하도록 노력해야겠다. 건강하지 않으면 공부도 할 수 없기 때문이다. 나도 이제 여중생이라 참 좋다.

# 새로운 시작

박미영

제가 태어난 곳은 전라남도 여수시 여천군 돌산읍입니다. 마을에 있는 여수 동백초등학교를 졸업하고 공부에 대한 의욕이 생기지 않아 가사를 돌보다 서울로 상경하게 되었습니다. 막상 서울에 상경해 보니 저 같은 친구들이 많았습니다. 같은 또래 친구들과 직장을 다니면서 나름대로 재미있게 사회에 적응하게 되었습니다. 그리고 제 나이 20세에 지금의 남편을 만나게 되었습니다. 처음엔 배움을 그리 중요하게 생각하지 않았습니다. 그러나 친구들은 대부분 서울과 경기도에서 태어난 애들이었고 유식해서, 제 나름대로 소외감을 느끼고 내가 배우지 못한 게 너무 많이 후회가 되고 어디 가서도 내 자신이 너무 위축되었습니다. 길거리마다 모든 글씨가 다 영어이고 난 이 글씨를 다 알지도 못하고 쓰지도 못하는 내 자신이 너무 원망스럽고 한심하기만 했습니다. 그러던 중 큰아이가 태어나고 나니 배우고 싶은 욕망이 많았지만 현실은 너무 어려웠습니다. 아이 키우랴 직장 다니랴 정말 시간이 나지 않았습니다. 제 마음 한구석에는 언제나 배우고 싶은 욕망은 있었지만 '조금만 더 있다가 해야지.'하면서 세월을 보냈습니다. 하지만 세월은 정말 빠르더라고요. 그러다 둘째를 낳고 보니 저는 더 바빠서 공부를 할 생각을 잊었답니다. 그러던 중 어느 날 첫째 아들이 엄마가 공부하고 싶다는 마음이 간절하다는 것을 헤아려 인터넷으로 검색을 해 보더니

"일성여중이라는 학교가 있는데 다녀 보실래요?"

하더군요. 제 마음을 잘 알아주는 아들이 정말 대견했습니다. 늘 마음속에서만 중학교를 간다고 생각했는데 저의 꿈이 현실로 다가왔습니다.

저같이 배우지 못한 사람도 학교를 다닐 수 있구나 생각을 하니 잠을 이룰 수가 없었답니다. 무척이나 벅차고 설레서 눈물이 앞을 가렸습니다. 진심으로 고마운 분들이 계셔서 이 학교를 오게 되어 이 글을 쓸 수 있습니다. 교장 선생님을 비롯하여 담임 선생님 정말로 좋은 만남이었습니다. 감사합니다. 저를 지켜봐 주세요. 열심히 하겠습니다. 이 학교에서 저의 꿈을 펼쳐 가겠습니다.

# 나는 고등학생

윤명애

겨울의 끝자락. 이른 봄의 쌀쌀함과 밝게 솟은 태양빛을 받으며 일찍이 집을 나섭니다. 오늘은 중학생 시절을 마감하고 고등학교에 입학하는 날이기 때문에 콧노래를 부르며 즐거운 마음으로 행사장에 달려갑니다.

예쁜 한복을 입고 신입생을 맞아 주는 봉사원들의 앞을 지나는데도 예전 같지 않게 어깨가 으쓱거리며, 자랑스럽고 당당하게 가벼운 목례를 하고 행사장 안으로 들어섭니다. 벌써 식장엔 신입생들로 가득했습니다. 그곳은 배우겠다는 학생들의 열기로 가득 차 보였습니다. 2년 전 나도 그들처럼 중학생이 된다는 설렘으로 이 자리에 있었지요. 교장 선생님의 훈화 말씀을 들을 때엔 배우지 못한 설움에 눈물로 화답하며 열심히 공부하겠다는 다짐으로 중학생이 되었는데 세월은 참 빠르기만 합니다. 오늘은 고등학생이 되어 바로 이 자리에 와 있는 것이지요. 중학교 입학식 때와 어쩜 이리도 달라졌을까요? 새로운 선생님, 새로운 교실, 새로운 급우들. 반 배정을 받은 즐거움과 무언가 해냈다는 기쁨의 환호성을 지르며 그렇게 선생님과 첫 인사를 나누었습니다.

그런데 왜 이렇게 즐거운 것이지요? 마음이 뿌듯한 것이 저절로 웃음이 나오는 건 왜일까요? 하늘을 날아갈 것 같이 기쁘고 아무에게나 자랑하고 싶고 그냥 즐거우며 고등학생이 되었다는 사실이 매우 좋았습니다. "나, 고등학생이 되었다구요."하고 소리치고 싶은 심정은 우리 같은 만학도만이 느낄 수 있는 환희의 순간일 것입니다. 이제 고등학교에 입학했을 뿐인데 이렇게 기쁜 마음일 줄은 몰랐습니다.

배우지 못한 원망을 얼마나 많이 했는지 모릅니다. 이 세상에 나만 배우지 못해서, 나 자신이 사회에 소외되어, 불쌍하다고 생각했었습니다. 그러나 이제부터는 생각을 바꾸어도 괜찮겠지요? 당당히 고등학교에 입학을 하였으니 말입니다. 자랑스러운 나의 모교 일성여자고등학교에 말입니다. 고등학교를 졸업하면 돌아가신 친정아버님 묘소에 자랑스러운 졸업장을 보여 드리고, 가르치지 못해서 자식 앞에서 늘 미안해 하셨던 아픈 상처를 이제는 지워 드릴 것입니다. 이제 그 소원이 반은 이루어진 것입니다. 남은 소원을 이루기 위해 더욱 열심히 공부할 것입니다. 부모님에 대한 원망도 미움도 더 이상은 하지 않기로 했습니다. 고등학교 2년간의 시간을 훌륭하신 선생님들께 더 많이 듣고 배워서 교장 선생님의 말씀대로 많은 것을 보고 광주리에 담아 가도록 노력할 것입니다. 한순간 순간이 귀하고 소중한 시간이란 걸 알게 된 것이지요.

꿈에서도 가고 싶었던 고등학교에 입학하였습니다. 내 인생에서 제일 하고 싶었던 해 보고 싶었던 것이 공부였습니다. 이제 제일 하고 싶었던, 죽기 전에 해 보고 싶었던 것에 도전한 것이지요. 열심히 할 겁니다. 나의 소중한 삶의 전부라 생각합니다. 그래도 나이가 더 들기 전에 배움에 도전한다는 것은 나의 목표에 반은 성공한 것이라 생각합니다. 그래서 무척 즐겁고 기쁘지 않을 수 없는 일이겠지요. 남은 학업을 건강하게 추억 가득한 고등학교 시절을 보낼 생각입니다. 내 인생에 두 번 다시 오지 못할 고등학교 시절인 만큼 일등을 하기보다는 추억도 만들며 학창 시절을 즐기며 보낼 것입니다.

오늘 입학식 날 마냥 즐거운 마음으로 창공을 높이 날아올라 왔습니다. 분명 그곳엔 나의 꿈이, 나의 소망이, 나의 행복한 미래가 나를 기다리고 있었습니다. 새 희망을 가득 품은 멋진 하루였습니다. 그것은 실현 가능한 일이니까요. 나의 모교 일성에서의 꿈은 이루어질 테니까요.

# 마음껏 공부하겠습니다

이진희

며칠 동안 미세먼지, 황사로 불편했었는데 다행히도 날씨가 좋아 반갑다. 오늘 바로 일성여자중고등학교 입학식이 있는 날이기 때문이다. 그곳으로 향하는 나의 발걸음이 가볍게 느껴졌다. 공기는 쌀쌀하게 느껴졌지만 상쾌했다. 그리고 내 마음속에는 이미 봄이 온 듯했다. 입학식장에 도착하고 보니 이미 많은 분들이 참석해 있었다. 일성인이 되기 위해서 모인 자리. 배움의 열망과 열정으로 가득한 신입생들을 볼 수 있었다. 아름다운 모습이 이런 건가 싶었다. 그리고 아름다운 화음의 합창단, 국악, 창 등등 보고 있는 동안 가슴이 뭉클해짐을 느꼈다. 배우지 못한 이유로 가슴속 깊이 숨기고 살아야 했던 세월들……. 그 답답하고 응어리진 상처를 이제는 일성의 배움의 터전에서 갈고닦아 표현하는 예술로 만들겠다.

그리고 교장 선생님 말씀에 보석을 많이 캐 가라고 말씀하신다. 소쿠리를 많이 준비하라고 하신다. 욕심이란 때론 부정의 힘이 될 수도 있지만 일성에서는 보석 캐기의 욕심을 부려도 긍정의 힘으로 작용하는 것이니 얼마나 금상첨화인가. 입학식 끝나고 돌아오는 중에 남편의 입학축하 격려의 메시지가 와 있었다. 가슴이 뭉클해졌다. 두 아들 또한 하트를 날려 축하를 해 주었다. 이 모든 것이 고맙고 감사했다. 나도 앞으로 배움이란 씨앗을 뿌려 잘 가꾸고 다듬어 일성인으로 사회에 이바지할 수 있는 내가 되고 싶다. 배움에 목마른 분들을 위한 장을 열어 주신 교장 선생님을 비롯하여 현직에 계신 모든 선생님의 노고에 감사드린다. 그리고 우리 고 1-1 학우 여러분과 서로 이해와 배려로 행복한 반을 만들어 가고 싶은 바람이다.

# 아름다운 삶을 위하여

김학연

어느덧 얼었던 대지가 녹아내려 새싹들이 기지개를 켜는 희망의 새봄이 내 곁에도 찾아왔습니다. 또 다른 새로운 시작을 알리는 2014년 3월 3일 드디어 고등학교에 입학을 했습니다. 나에게는 오지 않을 것만 같았던 날이 현실이 되어 나의 가슴을 뭉클하게 만듭니다. 목표에 한걸음 다가와 기대도 되고 성취감도 느끼지만 아직도 실감이 나지 않습니다.

영원히 이룰 수 없을 것만 같았고 나만의 아픔을 누가 볼까 두려운 비밀을 가슴속 깊이 간직해야만 될 것 같았던 일이 나에게 희망의 꿈이 되어 새봄과 함께 41년 만에 찾아왔습니다. 드디어 일성여자고등학교에 입학한 날입니다. 그 순간만큼은 아무 생각도 없이 오로지 이 세상을 다 얻은 기쁨이었고 이제 나도 고등학생이 되었다고 세상을 향해 마음껏 소리를 질렀습니다. 비록 늦은 나이지만 나는 할 수 있다고 생각하였고, 무슨 일이 있어도 절대로 포기하지 않을 거라고 여러 번 나 자신과 약속을 하며 다짐했던 그날을 생각하니 기쁨의 눈물이 납니다.

모든 일에 있어서 처음은 항상 힘들고 어려움을 느끼지만 많은 노력과 인내와 열정은 어떤 것들보다 값지다고 생각합니다. 중 2학년 때 상상도 못했던 팝송 대회에 나가서 친구들과 함께 대상을 받아 멋지게 장식하고, 중 3학년 때에는 한자, 영어 암송 등 5관왕상을 받았으며, 서강대에서 영어수업을 받고 수료증을 받아 자신감이 생겼으며, 지금도 어렵지만 한문 지도자 과정을 무사히 마쳤으며, 중학교 졸업식에서 교육감상까지 받아 매우 기뻤습니다. 공부할 때의 어려움은 잠깐이지만 성공한 후의 즐거움은 일평생이라는 말을 이제야 알 것 같습니다.

아직 나의 꿈이 구체적이진 않지만 공부할 수 있다는 생각에 무척이나 좋아서 잠 못 이룬 적도 있습니다. 공부가 재미있기보다는 그동안에 학력 때문에 힘들었던 마음고생을 떨쳐 버릴 수 있다는 생각에 내 얼굴에 온갖 행복한 미소가 저절로 생깁니다. 매우 행복해 주체할 수 없는 이 감격은 아마 겪어 보지 못한 사람은 모를 것입니다.

게다가 학교에 오니 좋은 점이 많이 있습니다. 서로 같은 처지에 있는 사람끼리 만나 동병상련을 느낄 수 있었습니다. 지난날의 가슴 아파하던 이야기를 마음 편히 할 수 있어 좋았고 몰랐던 영어, 한문 등 공부를 마음껏 배울 수 있어 행복합니다. 또한, 자상하고 친절하게 가르쳐 주시는 훌륭한 선생님들이 계시기에 마음이 편해서 정말 좋습니다. 일찍 일어나는 새가 모이를 더 많이 쪼아 먹듯이 본인의 노력만 있다면 얼마든지 꿈을 이룰 수 있을 것 같아 지금부터 가슴이 설렙니다.

또 가끔 자신을 돌아보기도 합니다. 학교에서 공부한다는 사실이 믿기지 않을 정도로 내 자신이 신기하고 놀랍기도 합니다. 금방 배운 것을 뒤돌아서면 잊어버려도 보다 나은 내일을 위하여 새로운 도약을 꿈꾸며 입학 당시 좋았던 기쁨을 늘 기억하면서 초심을 잃지 않고 바른 자세로 배려하며 선생님의 노력이 헛되지 않도록 감사함을 생각하면서 즐겁고 멋진 추억을 만들며 일성의 빛이 될 수 있도록 최선을 다하겠습니다. 이 글을 쓸 수 있도록 장을 마련해 주신 교장 선생님 진심으로 감사드립니다. 또한, 학생들을 위해 손발이 되어 주신 모든 선생님께 고개 숙여 감사드립니다. 일성여자중고등학교가 영원히 빛날 수 있기를 기원합니다. 저 또한 새로운 것을 향해 꿈을 꾸며 그 꿈을 이루기 위하여 오늘도 끊임없이 노력하고 도전하는 멋지고 아름다운 삶을 위하여 파이팅 해 봅니다.

# 키워 나갈 소망

**서재숙**

면 소재지에서 10여 리 길을 산 넘고 재 넘어 가야 만날 수 있는 두메산골. 척박한 땅 몇 마지기가 전부인 우리 집은 열 식구가 살아가기엔 빠듯한 생활이었다. 7남매 중 다섯째로 태어난 나는 교육열이 강하신 어머니 덕택으로 중학교 졸업을 할 수 있었다.

그 후 결혼을 하고 아들, 딸 낳아서 잘 가르치고 성인이 되었지만 내 가슴 한편에 비어 있는 허기짐은 무엇으로도 채워지지 않았다. 바쁘게만 돌아가던 일상이 세월이란 무게에 눌려, 다니던 직장을 퇴직하고 무료한 시간을 보낼 즈음 아들이 매스컴을 통해 알게 된 일성여자고등학교. 며칠을 망설였는데 아들이 적극적으로 지원해 주고 격려해 줘서 전화로 접수를 하고 어색하고 설레는 마음으로 특강수업을 받으러 갔다.

영어, 수학 그 시간이 어떻게 지나갔는지? 사십여 년 전 기억은 가물거렸지만 선생님의 자상하신 모습과 뜨거운 열정이 마치 내게로 전이되어 오는 것만 같았다. 매우 감사하고 벅찬 감동이었다.

입학식 날 교장 선생님의 '남귤북지', '양금택목', '좋은 만남' 등 수많은 격려의 말씀을 듣고 일성여자고등학생이란 자부심을 느꼈다. '다시 학교를 다닐 수 있을까?'하는 두려움은 일순간에 사라지고 '나도 잘 할 수 있다!'라는 큰 용기가 생겼다. 아득히 먼 옛날 단발머리 소녀의 꿈, 그 꿈속에 그리던 여고 시절이 지금 내 앞에 있다. 여전히 풋풋한 설렘으로……. 이제 머지않아 순백 목련이 활짝 웃음 짓는 봄이 온다. 살아온 인생길은 서로 다르지만 배움이란 좋은 인연으로 만난 선생님, 친구들과 재미나고 신나게 내 작은 소망을 키워 나가고 싶다.

# 가슴이 벅차오르다

윤혜정

2014년 3월 3일. 참으로 오랜만에 아침 햇살이 눈부시다. 며칠 째 황사에 미세먼지가 가득했던 하늘이 오늘은 입학을 축하라도 하는지 참 맑다. 엊그제 중학교 졸업을 마치고 오늘은 꿈에도 그리던 고등학교 입학식 날이다. 들뜬 마음에 밤잠을 설쳤지만 곱게 화장하고 한복도 예쁘게 차려입고 남편과 딸의 힘찬 응원과 축하를 먼저 받은 뒤 마포아트센터로 발걸음을 옮겨 본다. 입구에는 벌써 많은 학생들이 삼삼오오 모여서 축하를 나누고 있었고, 선후배님들의 환영을 받으니 어깨가 으쓱해졌다. 2년 전 중학교 입학식 때는 왠지 부끄러움을 느껴서 어색하기만 했는데 오늘은 한껏 당당해진 내 모습을 보니 입가에 빙그레 미소가 지어진다.

입학식이 시작되었다. 교장 선생님과 여러 선생님, 동문회 회장님을 비롯해서 많은 내외빈들이 참석해 자리를 빛내 주셨다. 여러 언론사 기자들의 취재 모습도 뜨겁다. 우리 만학도들의 입학이 널리 알려

져서 아직 우리 학교를 모르는 사람들에게도 이런 기회가 주어졌으면 좋겠다. 나도 매스컴을 통해 일성여자중고등학교를 알게 되어서 지금 행복하게 하루하루를 보내고 있지 않은가!

잠시 후 새로 오신 전혜미 음악 선생님의 〈오 솔로미오〉 및 〈We are The Champion〉 축가는 매우 인상적이었고 힘찬 출발을 알렸다. 뒤이어 김명옥 시인 선배님의 시 낭송 또한 시의 아름다움을 느낄 수 있어서 듣는 내내 가슴이 뭉클해졌다. 듣고 있자니, 매년 있는 시 낭송 대회도 꼭 참가하고 싶어졌다. '꼭 도전해야지!' 또 김수연 후배의 입학소감문 낭독은 다시 한 번 내 자신의 지난날을 되돌아보는 계기와 학교생활에 대한 기대가 듬뿍 느껴져서 모두가 공감하며 고등학생이 되었다는 것이 가슴 깊이 느껴졌다.

점점 감동이 이어지는 가운데, 교장 선생님께서도 입학을 환영해 주셨다. "우리 만남은 좋은 만남, 설레는 만남, 아름다운 만남, 멋진 인연입니다." 첫 인사를 하시며, 우리 신입생들에게 꼭 필요한 말씀을 해 주셨다. "공부는 왜 해야만 하는가? 공부는 저절로 되는 것이다." 콩나물시루에 대해서도 말씀하셨다. 시루에 물을 주면 물은 바로 빠지지만 콩나물은 잘 자란다는 것이 공부도 그렇단다. 2번째 듣지만 들어도, 들어도 좋은 말이다.

교장 선생님의 말씀을 가슴에 새기며 열심히 공부해서 대학 진학도 꼭 해 보고 싶다. 사회복지학과를 전공해서 어려운 이웃과 남은 삶을 봉사하며 보내고 싶다. "봄은 한 해의 시작이고, 아침은 하루의 시작이며, 입학은 새로운 공부의 시작이니 희망의 날개와 꿈의 날개를 맘껏 펼치시라."는 당부의 말씀이 지금도 내 귓전을 맴돈다. 교장 선생님의 훌륭한 가르침을 본받아 명품 일성인이 꼭 되어야겠다.

마지막 순서로 학교의 자랑 합창부와 국악 동아리의 멋진 공연을 보며 〈아리랑〉을 같이 부를 때에는 벅차오르는 가슴에 눈시울이 뜨거워졌다. 입학식 내내 행복을 느끼며 어느새 식이 끝났다. 보석 광산인 일성에서 보물을 한가득 캐 보려 합니다. 내빈으로 참석하신 선배님께서는 숙명여대 대학원 석사과정을 마치셨다죠? 뜨거운 박수와 함께 자랑스러운 선배님들이 계시기에 항상 든든하고, 일성인이라는 것이 자랑스러움을 오늘도 느껴 봅니다. 학력란에 '고졸'이라고 당당하게 쓰게 될 그날이 벌써 기대됩니다. 그리고 공부는 하늘이 부를 때까지 하자!

# 꿈에도 그리던 여고 시절

김순자

나는 경남 진영이란 시골에서 2남 1녀 중 장녀로 태어났다. 6살 때 경북 달서구로 이사 와서 초등학교를 졸업 후 안양으로 취직하여 지금까지 결혼해서 살아왔다. 2년 전 일성여중에 입학하여 2014년 2월 25일 졸업을 하게 되었다. 나의 볼을 꼬집어 보았다. 꿈인지 생시인지 아픔을 느끼는 것을 보면 분명 꿈은 아니었다.

3월 3일 그렇게 소망하던 고등학교 진학을 앞두고 하루하루를 너무나 조심스럽게 보내고 있었다. 혹시 아프면 어쩌나, 집안에 무슨 일이 생겨 입학을 못하면 어쩌나 하는 불안감 속에 피가 말라 죽을 것 같은 기분이었다. 중학교 입학 때도 잠을 못 이루고 설레는 마음으로 입학을 했지만 여고생이 된다는 기쁨에 잠이 오지 않는다. 만나는 친구에 따라 나의 학력은 올라갔다가 다시 내려갔다 했는데 이제는 여고 동창회도 갈 수 있는 현실이 되고 보니 무엇이 부럽겠는가? 3월 3일 입학식 날 5시부터 서둘러 마포아트센터로 왔다. 두려움과 설렘을 안고 자리를 잡고 앉아 예행연습을 몇 번 한 다음 입학식이 시작되었다. 중학생 대표로 입학소감문을 듣고 있을 때 내 눈엔 두 줄기 뜨거운 눈물이 하염없이 흘러 흥분됨을 감출 수가 없었다. 너무나 처지들이 비슷하여 나의 과거를 보는 것 같았다.

나는 고등학교에 입학하는 목표가 뚜렷하다. 대학을 가려고 오전반으로 신청해서 열심히 노력하여 유아교육과를 가서 졸업 후 유치원을 차려서 원장이 되는 것이 나의 꿈이다. 70세 이전에는 산전수전을 겪어 가며 닥치는 대로 일하며 앞만 보고 삶의 현실 속에서 힘겹게 살아왔고, 70세 이후에는 명예도 갖고 봉사도 하며 살고 싶은 꿈을 꼭 이루려고 다짐해 본다. 나는 하루 3시간의 등굣길이 많이 힘이 들지만 배우는 시간이 매우 행복하다. 나는 해낼 수 있다고 나에게 매일 칭찬을 한다. 입학식 날 교장 선생님께서는 "교통정리 잘해라. 가족의 협조를 구하라. 나이 탓, 시간 탓, 주부 탓하지 마라!"라는 말씀과 "시간 투자, 열정 투자, 돈을 투자하자."라는 말씀을 하셨는데, 그 모든 말씀이 제 마음에 감동을 주었기에 나는 성공하리라 확신한다. 깜빡하는 정신 때문에 걱정을 했지만 콩나물시루에 물은 빠져도 콩나물은 자란다는 말씀에 공감을 했다. 어렵다고 하지 말고 익숙하지 않아서 그러니 자주 연습하고 익숙해지도록 노력하려 한다. 하늘이 주신 나의 모교 일성여고 영원히 사랑하겠다.

# 양금택목

김춘순

3월의 시작, 아직은 꽃샘추위가 기승을 부리고 쌀쌀한 날씨가 겨울을 아쉬워하는 듯하다. 2년 전의 중학교 입학식이 아련하게 느껴진다. 중학교 시절을 뒤돌아보니 그야말로 배움의 한을 풀기라도 하듯이 결석도 하지 않고 지각도 하지 않으며 나름 온 마음과 정신을 학교생활에 집중을 하면서 가사와 병행해서 잘 견뎌 낸 나 자신에게 칭찬을 해 주고 싶다. 열심히 학교생활을 하다 보니 중학교 졸업식에서 일곱 가지의 상을 받았다. 개근상은 물론 학술상, 근무상, 관왕상 등등. 하면 된다는 것을 말뿐인 아닌 행동으로서 보여 주니 "우리 엄마 대단해요."라는 말로 아이들과 남편이 나에게 뿌듯함과 즐거움을 안겨 주었다. 끝이 있으면 시작이 있다 하던가?

마침내 꿈에 그리던 여고생이 되었다. 중학교 때는 오후반에 등교하다가 고등학교는 오전반을 선택하였다. 비록 일찍 일어나는 것이 조금은 힘들지만 바쁘게 출근하는 사람들과 등교를 하다 보니 신선

한 생동감이 느껴져 나도 사회의 한사람이라는 생각에 뿌듯함과 자신감이 느껴졌다. 힘이 마구마구 솟는 것 같다. 그동안 움츠렸던 마음은 온 데 간 데 없고 매일매일 행복함에 젖어 하루하루가 즐겁다.

새로운 학우들을 만나 조금은 어색하지만 교실 분위기는 중학교와 달라서 학구열에 불타는 학우들을 보며 또 다시 마음의 다짐을 해 본다. 조금 더 적극적으로 생활을 하고 조금은 여유로운 마음으로 봉사활동도 많이 하고 책도 많이 읽으며 또한 친구들과 추억도 많이 쌓으면서 동경하던 여고 시절을 보고 듣고 느끼며 원 없이 만끽하고 싶다.

그리고 상상도 하지 못했던 대학이라는 미지의 세계가 바로 코앞에 다가와 있지 않은가? 아직은 무엇을 전공할지 정하진 않았지만 생각만 해도 가슴이 두근두근하는, 행복에 젖어든다. 내가 대학생이 된다는 것을 상상만 해도 입가엔 미소가 슬금슬금 피어오른다. 이 꿈을 이루기 위해선 운동을 열심히 하면서 건강을 잘 챙겨야겠다. 하루 24시간을 쪼개고 쪼개서 적극적으로 알차게 보내며 후회 없는 여고 시절을 보내야겠다. 늦게나마 시작된 공부 헛되지 않게. 내 인생의 새 출발은 지금부터다. 인생 100세 시대라 하지 않던가? 지금 내 나이 56세, 아직 할 일은 무궁무진할 것이다. 유행가 가사처럼 '내 나이가 어때서 지금이 공부하기 딱 좋은 나이인 것을…….'

그리고 교장 선생님께서 "양금택목"이라고 하셨는데 나는 일성이라는 좋은 나무에 둥지를 틀었다. 이젠 알을 낳고 세상을 향해 훨훨 날 일만 남았다. 소중한 기회와 꿈을 심어 주는 우리 학교 일성, 존경하는 교장 선생님을 비롯하여 자랑스러운 우리 선생님들 진심으로 존경합니다. 그리고 우리 가족들 사랑하고 또 사랑합니다. 난 행복한 사람입니다.

# 이제 울지 않겠습니다

**김귀애**

63세에 여고생이 되다니!

입학식장에 들어서면서 앞에 보이는 "일성여중고 입학을 축하합니다."라는 글을 보면서 가슴에서 목까지 차오르는 감격 때문에 눈물이 고입니다. 마음속에 얼마나 숨기고 살아왔는지! 옛날이 생각나 눈물이 고였지요. 애써 참아도 떨어지는 눈물방울을 두 손으로 닦으며 식장에 앉았습니다.

난 시골 면소재지에서 태어났어요. 오빠 셋에 늦둥이로 귀여움을 받고 살았습니다. 아버지께서 지어 주신 이름은 그래서 '귀할 귀'에 '사랑 애'라고 하셨어요. 생각해 보면 오빠들과 나가서 남자 속에서 개구쟁이처럼 살았어요. 그런 와중에 큰오빠가 장가를 일찍 갔던 거예요. 그러니까 큰조카와 저는 3살 차인 거죠. 예전에 아버지께서 외가 사촌들과 저수지 공사, 철도 공사 등을 하시며 유복했던 것 같아요. 아버지께서 강화도로 이사를 하시려 준비하던 것이 잘못되어 충청도에 그냥 살게 될 즈음 우리 가사가 엉망이었지요. 어렵게 사시면서도 큰오빠는 사범학교에, 작은오빠는 공고에 다녔습니다.

지금도 생각나지만 교복 입고 학교 다니는 오빠들은 동네에서 오빠들 빼고는 없었습니다. 내가 중3일 때쯤은 작은오빠나 큰조카, 작은조카까지 중학교를 다녔어요. 학교 갈 때면 엄마가 긁어 준 주먹만 한 누룽지 하나씩 손에 쥐고 먹으며 산길을 줄을 서서 내려왔습니다. 제가 중학교를 졸업하고 둘째 오빠가 있는 서울에 고등학교 진학을 하려고 왔습니다. 여고를 시험 보았는데 떨어지고 말았어요. 혼자 책을 보면서 교복 입고 가방 들고 가는 고등학생이 얼마나 예쁘고 부러웠는지! 그 다음해에 합격했는데 갑자기 심장마비로 아버지가 돌아가신 거예요. 너무나 슬펐어요. 막내 공부 못 시킨 것 때문에 늘 걱정하셨던 아버지! "내년에"하시던 아버지가 늘 생각이 납니다. 그래서 그해 또 못 갔죠.

그 이듬해 조카가 고등학교 시험 친다고 올라왔어요. 학교는 다르지만 나하고 같이 시험을 치렀는데 우린 둘 다 합격해서 얼마나 좋았던지! 그러나 큰오빠는 경제 사정상 둘 다는 못 가르친다는 거예요. 난감했어요. 조카는 아무 말 없고, 서울 오빠도 넉넉지 못하니까 말이 없고. 결정은 내가 포기하는 걸로 했습니다. 너무나 슬퍼서 저녁마다 이불 뒤집어쓰고 울었어요. 울 때 마다 "밤을 잊은 그대"는 왜 그리 나를 울리던지요. 3년째 못 갔으니까 나이가 19살이 된 거죠. 그해는 그렇게 보냈어요. 집에서 빈둥빈둥. 다음해에 이렇게 그냥 있고 싶지 않았어요.

그런데 오빠가 신문을 한 장 가지고 오신 거예요. 해외개발공사에서 서독 간호원과 간호조무사 파견생을 뽑는 광고지였습니다. 다음 날 응시해서 영어와 상식을 보고 합격했어요. 그해 봄부터 이론 실습, 독어까지 3년을 했습니다. 그래도 차례가 안 돼서 서독 갈 때까지 종합 병원에 근무했어요. 앞부터 순서대로 서독행 비행기를 탔어요. 우리 차례였는데 서독서 언어가 소통이 잘 안된다고 필리핀 사람을 쓴다는 거예요. 그리고는 종합병원에 취직했어요. 서독 가서 공부해 보겠다던 꿈이 산산조각 나 버렸지요. 그때부터 의료계에 발을 디뎌 놓았어요. 그렇지만 내 이력서는 언제나 중졸이었어요. '중졸'이라고 이력서에 쓰기 부끄러워서 들어간 병원에 10년 근무하고 결혼했어요. 결혼만 하면 중졸 이력서 쓰기 부끄럽고 싫어서 직장 생활 안 할 작정이었습니다.

그러나 모시고 있던 의사 선생님이 내 나이 44세에 부르시는 거예요. 이 선생님은 저를 잘 알고 계시기에 또 병원 생활을 50세까지 하고 나왔어요. 그리고 조리원 신생아실에 근무할 때는 거짓으로 '고졸'이라고 적었죠. 병원 경력 때문인지 다 속아 주더라고요. 60세가 넘어도 중졸인 난 변함이 없었어요. 변함없이 중졸인 나였죠.

그러던 어느 날 이젠 내가 간절히 평생을 생각한 고등학생이 되어야겠다고 생각할 때쯤, 우연히 일성여고 나온 친구 사촌과 식사를 했죠. 식사하면서 하는 이야기가 중학교, 고등학교를 나와서 대학까지 나왔다는 거예요. 친구한테는 내색 안 하고 집에 와서 물어보고, 인터넷 검색해서 보고, 전화 드려서 바로 그날 입학금을 송금했어요.

이젠 날 위해 살자. 여고생이 되자고. 그날 저녁 남편과 아들한테 이야기하고 승낙받고. 아들은 용돈을 대 준다고 하고. 그 다음 날 사표 냈습니다. 정말이지 날아오를 것만 같았어요. 나도 여고생이 된 거야. 얼마나 자랑스러웠는지! 가슴속에 묻어 놨던 부끄러운 내 양심이 얼마나 불쌍했던지! 그 오랜 세월 동안! 자꾸 펑펑 울었습니다. 생각만 하면 지금도 가슴이 저려 옵니다. 이젠 울지 않으렵니다. 가슴이 후련하고 기뻐요. 일성여중고를 빛낼 자신은 없지만 열심히 노력하겠습니다. 기도하는 마음으로 열심히, 동기생들과 더불어 기쁘게 행복하게 여고 생활을 하고 싶습니다. 좋으신 교장 선생님을 비롯해서 훌륭한 선생님들과 여러 학생들과 행복한 여고 시절을 내 나이 63세에 보낼 거예요. 여고생과 산다는 남편과 멋있는 아들과도 함께요. 즐겁게 모든 이에게 감사하며 말입니다.

# 당신의 시작을 응원합니다

황인숙

2010년 12월 〈비타민〉이라는 작은 월간지에서 유치원 교사 신평림 씨(81세)를 만났다. 그 연세에도 아이들에게 한문을 가르치며 현직 교사로 활동하고 계신다는 글을 읽는 순간 내 머리가 번뜩였다. 나는 지금 이분보다 한참 젊지 않은가! 약간의 용기는 필요했지만 주저할 것이 아무것도 없었다. 이젠 나를 위해서 투자를 하리라 생각했고 앞뒤를 봐도 장애물은 없었으며 나에게는 지원군만 있었다.

객지 생활로 전전긍긍하던 끝에 무능한 아버지를 믿고 살 수 없다며 동생들을 내게 맡기시고 생활전선에 나선 우리 엄마. 그 고생은 이루 말할 수 없었다. 하루 벌어 하루를 먹고 살던 시절 나에겐 전수학교도 호강이었다. 도시락 한 번 제대로 싸 가지고 다니지 못했고 소풍 한 번 가 보지 못했다. 그렇게 겨우 졸업을 하고 동생을 업고 엄마가 일하는 곳에 찾아다니며 젖을 먹이러 다닐 때 친구들은 뽀얀 칼라가 달린 교복을 입고 운동화에 책가방을 흔들며 학교에 다니는 모습을 매일 보아야 했다.

햇빛에 반짝이는 배지가 어찌나 눈이 부시던지 그 친구가 정말 부러웠고 내 모습은 한없이 초라하게 느껴졌다, 그러면서 부모님에 대한 원망은 쌓여만 갔고 공부에 대한 애착은 가슴 저리도록 간절했다. 그렇게 10대, 20대를 보내고 결혼을 하면서 내 꿈은 온데간데없이 사라졌으며 부드러운 아내가 아닌 잔소리가 많은 마누라로 변해 있었다. 그런 내 모습이 싫어서 운동도 열심히 하고 문화센터도 다니며 교양을 쌓으러 다녔지만 배움에 대한 갈증 해소는 되지 않았다. 잘난 여자들은 왜 이리 많은지 그 앞에 서면 나는 한없이 작아졌다.

더 이상 망설임 없이 중학교에 입학했고 더 큰 꿈을 실현하기 위해 우여곡절 끝에 일성여고에 왔다. 가족들의 지지에 자신감이 생겼고 결심을 굳히는 데 큰 힘이 되었다. 낯선 환경과 얼굴을 다시 익혀야 한다고 생각하니 소심한 성격에 앞이 캄캄했다. 그러면서 예비 소집일과 입학식을 거쳐 다음 날 바짝 긴장하며 교실로 들어섰다. 모두가 낯설었지만 교실 분위기는 훈훈했다. 환하게 웃으며 맞아 주시는 담임 선생님의 얼굴을 바라보며 긴장을 풀었다.

이렇게 하루를 보내고 집에 돌아오니까 남편이 프리지어 꽃 한 다발을 내게 안겨 주는 것이다. 그리고 이 꽃말이 "당신의 시작을 응원합니다."라며 열심히 해 보라고 말해 주었다. 고마움에 가슴이 찡하며 눈물이 핑 돌았다. 32년 만에 처음이었다. 교장 선생님 말씀대로 공부에 늦복이 터진 것 같다. 감동의 눈물을 닦으며 내 책상으로 가 염원하며 바라보는 글이 있다. '느리게 가는 것을 두려워 마라. 다만 가만히 서 있는 것을 두려워하라.'라는 중국 속담이다. 학교에 다니면서 우연히 본 글인데 무척 마음에 와 닿아 힘들 때마다 한 번씩 보곤 한다.

내 시작은 이제부터이다. 입학식 때 주옥같은 교장 선생님의 말씀을 듣고 '이제야 제대로 배움의 장이 시작되는구나.'라는 생각이 들면서 최고의 만학도 학교임을 깨닫게 해 주셨다. 많은 연세에도 불구하고 실천을 몸소 아끼지 않으신다는 교장 선생님과 훌륭하신 여러 선생님 그리고 선배님들이 계시다는 것이 후배에게는 큰 재산이 된다. 이런 모든 것들이 명품학교의 자랑이며 든든한 백이 될 것이라고 생각한다. 앞으로 2년 동안 이분들을 거울삼아 가족들의 응원에 힘입어 여고 일성에서 열심히 보석을 캐낼 것을 다짐해 본다.

# 해바라기의 꿈

**손옥희**

지난겨울의 추위는 언제 이사를 갔을까? 이 따사로운 봄 햇살은 누구의 선물일까? 창가에 놓은 선홍색 진달래꽃이 어찌나 예쁘게 피어 있는지 새벽마다 출근길에 환한 웃음으로 날 반겨 주며 조금만 힘내라고, 조금만 더 가면 꿈을 잡을 수 있다고 큰소리로 응원한다. 해바라기의 꿈은 꼭 이루어질 거라고…….

하늘까지 축복하던 날 꿈꾸던 여고생이 되었다. 정말 실감이 나지 않지만 분명 이 밤이 지나면 여고생이 된다. 고등학교라니… 중학교조차 상상도 못하고 남동생의 학비와 시골집 생활비를 책임져야 했던 언니와 난 초등학교 졸업과 동시에 서울로 올라와 공장에 다녔다. 남동생이 중학교를 마치고 언니가 시집을 가면서 부모님의 생활비를 책임져야 했던 내 십대 시절은 그렇게 잠들어 버렸고 친척의 소개로 만난 아이들 아빠와의 결혼 생활 역시 가난하고 힘들긴 마찬가지였다. 그러면서 세 명의 아이들이 생겼고 결혼하면 공부 계속하게 해 주겠다던 남편은 당장 먹고 살기도 힘든데 무슨 공부냐며 세 아이들 키우기도 빠듯한 날들의 연속이었다. 나 역시 아이들을 제쳐 놓고 내 욕심부터 챙길 수가 없어서 하루하루 미루던 공부가 나이 50이 넘어서 중학교 2년 과정을 마치고 고등학생이 된 것이다.

이 한 서린 공부! 죽어서도 못 잊을 것 같다. 간절하게 원하고 바라면 반드시 꿈은 이루어진다는 것을 실감하면서 오늘 그리고 내일을 살아갈 것이다. 중학교 생활을 하는 2년 동안 세상에서 느끼지 못했던 값진 시간을 보내고 그 어려운 한자며 영어 암송을 하나씩 깨우쳐 갈 때면 온몸에 전율이 느껴질 정도로 행복하고 가슴 벅찬 날들이었다. 직장 생활을 하면서도 친구 아들 결혼식에 참석한 딱 하루 체험 쓴 것을 제외하고는 결석 한 번 하지 않았다. 아니 할 수가 없다는 말이 더 정확할 것 같다. 어떻게 얻은 배움의 시간인데 사소한 것 때문에 금보다 더 소중한 수업을 빠질 수가 있겠는가! 봄과 가을 4번의 견학을 다니면서 우리나라의 소중함과 배움의 절실함을 순간순간 느끼곤 하였다. 직장 생활하면서 해외나 국내에 좋은 곳은 거의 다 다녔지만 지금처럼 견학이나 학교생활에서 느끼는 가슴 찡함이나 설렘은 없었던 것 같다.

그렇게 하고 싶던 공부를 못하게 한 아버지가 원망스러워서 몇 년을 집과 왕래를 끊고 살다 보니 아버지가 돌아가신 줄도 모르고 장례가 다 끝난 뒤에야 연락이 되었다. 시골집에 도착해 보니 모든 장례가 끝나 버린 상태여서 난 불효녀가 되어 버렸다. 지금 내가 아버지 나이가 되고 이른 나이에 결혼한 탓에 벌써 할머니가 되고 보니 중학교도 안 보내 주신 아버지를 용서할 수 있었다. 하지만 그 미워하는 마음을 내려놓기까지 38년이란 긴 세월을 한쪽 가슴에 담고 살아야 했다. 지금이라도 배우고 있으니 그 원망과 한은 내려놓고 봄 햇살처럼 가벼운 마음으로 여고 시절을 보내야겠다. 활짝 꽃 피울 그날을 위해 해를 향해 따라가는 해바라기 꽃처럼.

# 내 인생에서 가장 눈부신 한 해

안화순

아이들이 자라 초, 중, 고등학교에 올라갈 때마다 집으로 기초자료 조사서를 들고 온다. 그럴 때마다 가슴은 마치 야구방망이로 마구 두드리듯이 방망이질을 했다. 학부모 학력란에 중졸이라고 할까! 고졸이라고 할까! 아이들에게 거짓말은 절대 안 된다고 엄하게 가르치고, 난 위선적인 하얀 거짓말로 20여 년 동안을 살아왔다.

이제 아이들은 엄마를 이해할 줄 아는 성인이 되었다. 일성여고에 입학하기 얼마 전, 엄마는 중학교밖에 못 나왔다고 가슴 밑바닥에 짓눌러 놓았던 돌덩어리를 꺼내 놓았다. 아이들은 고개 숙인 나에게 "못 배운 건 엄마 탓이 아니잖아요."라고 위로를 했다. 그동안 공부랑 담 쌓고 살아온 내 인생에 전환점을 찍어 보려고 일성여고에 문을 두드렸다. 하루가 십 년 같았던 기다림 끝에 입학식 날이 되었다.

떨리는 마음으로 자리에 앉아 사람은 환경에 의해 변화한다는 교장 선생님의 훈화 말씀을 들었다. 인삼밭에서 자라는 쑥은 인삼 줄기를 타고 올라오는 것처럼 어디에 있느냐에 따라 사람은 변하게 되어 있다는 말에 열등감으로 의기소침해 있던 작은 나는 자신감으로 충만해졌고 재학생의 입학소감문 낭독에 뜨거운 눈물이 용광로처럼 흘러내렸다. 같은 한을 가지고 모인 사람들이기에 여기저기서 손수건을 적시는 아름다운 입학식이 아니었나 싶다.

30여 년 만에 책을 펼쳤다. 선생님의 정직한 한마디 한마디를 놓칠까봐 잘 보이지 않는 눈으로 노트 필기하고, 영어 단어 한 개라도 더 맞으려고 쉬는 시간에도 화장실에 가지 않고 공부하는 열기가 뜨겁다. 그 모습에 자극을 받아 아름다운 봄날에 다짐한다. 세상만사 마음먹기에 달렸다는 말처럼 모든 일은 마음먹은 것에 따라 결정된다는 말을 기억하며 초심을 잃지 않고 공부해서 꿈과 미래가 있는 세상을 향해 도전장을 내밀 것이다.

# 두려움과 설렘

조명자

내 생애 가장 긴 겨울이 아니었을까? 봄이 이토록 간절했던 기억이 없다. 나에겐 그저 꽃이 피고 지는 봄이었고 취미로 시나 끄적이는 봄이었기 때문이다. 특별히 기다려질 이유가 없는 세월이었다. 그러나 이번 겨울은 달랐다. 중학교 졸업과 고등학교 입학을 앞둔 청춘의 조명자가 온 힘을 다해 봄을 끌어당기고 있었다. 그 봄에는 중학교를 입학하던 기억, 영어 암송과 한문 공부로 주변을 둘러볼 여유조차 없었던 마음, 가끔씩 하늘을 보게 해 주었던 견학 그리고 지친 나를 이끌고 도와주던 학우들의 얼굴이 가득했다. 이제 나는 더 높은 곳으로 오를 준비를 마쳤다.

경칩에 나오는 개구리는 따뜻한 봄을 기다리고 있을 테지만 나는 봄을 기다리지 않을 것이다. 내 힘으로 봄을 만들고 나만의 봄을 만끽할 것이다. 일성여고라는 무대에서 나는 분명 주인공이고 설렘과 두려움을 안고 있다. 예전에는 어떻게 해서든 두려움을 떨쳐 내려고 했지만 오늘의 나는 이를 굳이 떨쳐 버리고 싶지 않다. 이 두려움이 여고생 조명자를 만들어 준 원동력이라는 것을 알았기 때문이다. 또한, 진정 잊어서는 안 되는 것이 있다. 지금의 나는 혼자만의 노력으로 만들어진 것이 아님을 새겨야 한다. 내 인생의 빛을 만들어 주신 선생님들의 그림자를 따라 배우며 멋진 인생을 완성할 것이다.

# 꿈을 향한 여정

최문자

설렘 반 두려움 반으로 일성여중에 입학했는데 졸업을 하고 오늘 고등학교 입학식을 맞이하게 되었다. 배움의 때를 놓쳐 뒤늦게 공부를 시작한 늦깎이 학생들이 모여 목말라했던 공부를 시작했다. 서로의 아픔과 사연도 다 달랐지만 배우고자 하는 마음은 같아 서로 가르쳐 주고 힘이 되어 주며 두터운 정으로 지난 2년을 보냈다.

오늘 고등학교 입학식을 맞이하고 또 다른 빛깔의 언니와 친구들의 만남이 기다리고 있다는 생각에 밤잠을 설쳤다. 아침 일찍 준비를 하고 가벼운 발걸음으로 집을 나서는 코끝에 싱그러운 봄바람이 스치며 새로운 신선함과 상쾌한 공기가 나를 흥분시킨다. 차창 밖의 풍경도 새롭고 모든 것이 처음 보는 느낌으로 설렌다. 가슴 벅참을 느끼며 마포아트센터로 들어서는 순간 선배님들이 고운 한복을 입고 활짝 웃으며 또 하나의 봄을 느끼게 한다.

교장 선생님의 훈화 말씀에 "현명한 새는 둥지를 어디다 틀까 생각하고 집을 짓는다."라고 하셨다. 여러분은 둥지를 잘 선택했다고 하시면서 일성에서 보석을 많이 캐는 사람이 되라 하신다. 나 또한 지난 2년 동안 일성여중에서 보석을 많이 수집했다. 영어 암송, 한문능력시험, 각종 글쓰기 대회에 참가하면서 수집한 보석으로 남들 앞에서 당당하게 그 빛을 발휘할 수 있는 능력이 향상되었음을 느낀다.

항상 부족함으로 세상 밖으로 나가지도 못하고 살림에 매달려 숨어 살아왔었다. 하지만 이제는 배운 만큼 세상이 보인다는 교장선생님의 말씀처럼 조금은 세상을 알 것 같다. 세상이 나를 향해 도움의 기회만 바라고 불평만 했던 지난날들을 떠올리며 잘못된 편견과 생각을 갖고 살았다는 것을 배움을 통해 깨달았다. 좋은 인연을 맺으면 좋은 열매를 맺는다는 말처럼 이곳 일성여고에서 새로운 탄생의 열매를 맺고 싶다. 교양과 지성을 갖추어 사회에 나가 한몫을 하며 조금이나마 사회에 보탬이 되는 사람으로 다시 탄생할 수 있을 거라는 믿음을 굳게 마음속에 되새겨 본다. 이젠 할 수 없다는 생각을 버리고 자기 스스로를 도와 멋진 기회를 만들어 인생에서 정말로 가치 있는 삶이 무엇인지를 꿈꾸며 목표를 향해 마음을 활짝 열고 갈 것이다. 꿈을 향한 나의 여정에 박수를 보내며…….

# 3부
# 꽃으로 피어나는 제2의 인생

# 특별한 휴가 여행

한말순

학교에서 7월 30일부터 여름휴가가 시작되었다. 이번에는 친구들과 휴가 첫날부터 특별한 여행을 떠나기로 작정했다. 수십 년 사귀면서 정답게 지낸 친구끼리 모처럼 부산 여행을 떠나기로 한 것이다. 서울역에서 오전 7시에 만난 우리는 7시 30분 고속열차(KTX)를 타고 출발하였다. 열차 안에서 오랜만에 한자리에 모인 다섯 친구들이 하하, 호호 재미있게 이야기하며 행복해하는 모습은 서로서로 보기에 너무 좋았다. 집안일은 다 잊고 차창 밖으로 보이는 풍경도 감상하며 즐거워하다 보니 어느덧 도착 시간이 되었다. 서울에서 부산까지 그 먼 거리를  2시간 30분 정도에 달려 도착하고 나니 새삼스레 세상이 참 좋아졌다는 생각이 들었다.

부산역에는 울긋불긋 피서객들로 가득하였다. 우리들의 관광 목적 1번은 부산의 명물인 영도다리 올라가는 모습을 보는 것이었다. 그래서 먼저 부산역에서 지하철을 타고 자갈치 시장으로 이동했다. 자갈치 시장에 들어서니 온갖 싱싱한 생선과 해산물 냄새, 또 맛있는 음식냄새가 부산의 유명한 곳임을 말해 주는 듯했다.

자갈치 시장에서 맛있는 점심을 먹고 영도다리가 올라가는 모습을 보러 나갔다. 12시 정각에 사이렌 소리와 함께 거대한 영도다리 한쪽이 올라가기 시작했다. 약 15분 정도 들고 있었다. 정말 대단한 구경거리였다. 다리를 들 때는 옛날 영도다리를 주제로 한 가요가 흘러나와서 옛 시절이 생각났다. 그 중에서도 〈굳세어라 금순아!〉가 흘러나왔을 때는 6.25 전쟁 시절이 생각나서 당시의 현실을 생각하며 마음이 숙연해지기도 했다.

그 다음은 시원한 곳을 찾아 부산 해양사 박물관을 관람하였다. 〈바다의 향기〉 특별전이 열리고 있어서 참으로 여러 가지 볼거리가 많았다. 시원하고 생생한 바다의 이미지를 담은 70여 점의 회화 및 공예작품을 만나 볼 수 있어서 아주 좋았다.

호텔에서 푹 쉬고 난 다음날에는 그 유명한 용두산 공원에 올라가 넓고 푸른 바다를 내려다보며 사진도 찍고 즐거워하다가 태종대로 출발했다. 태종대 입구에서 코끼리 모양의 순환버스를 타고 태종대까지 내려가니 힘들지 않고 좋았다. 태종대에서 망망한 대해를 바라보니 아름다운 풍경이 마음에 들어와 가슴이 확 트이는 것 같았다.

정말 재미있고 유익한 여행이었다고 모두들 기뻐하며 역전 커피숍에 앉아 커피를 마시는 여유도 부렸다. 다시 고속열차에 앉아 각기 힘들게 살아온 추억을 이야기하다 눈시울도 적시며 시간가는 줄 모르고 서울에 도착했다. 다음에도 이 친구들과 새로운 계획을 세워 여행을 떠나자고 약속하고 흐뭇하게 헤어졌다. 아름다운 추억이 될 특별하고 행복한 여행이었다.

# 인기짱 청일점

박길하

저는 가난한 집안의 9남매 중 넷째로 태어나 학교 문 앞에 가 보지도 못하고 먹을 것이 없어 굶기를 밥 먹듯이 하다 우리 가족 모두 무작정 서울로 올라왔답니다.

서울에 올라와 이 일 저 일 여러 가지 일을 하던 중 지인의 소개로 사우디 현장에 근로자로 파견 2년을 근무하다 귀국하여 큰 집은 아니지만 집도 사고 결혼도 하여 아들딸 낳아 알콩달콩 살고 있는데 단 하나 못 배운 것이 한이 되었습니다.

그러던 어느 날 우연히 양원학교 홍보책자를 보게 되어 한글을 배울 수 있다는 것을 알았지만 3년을 망설이다가 아내와 상의하여 65세에 초등학교 1학년에 입학을 하게 되었습니다.

입학식 날 교장 선생님께서 "콩나물에 물을 주면 물이 다 빠져도 콩나물은 잘 자란다."라고 하신 말씀에 크게 감명을 받고 입학하기를 참 잘 했다고 생각했습니다.

교실에 들어와 맨 처음 담임 선생님이 여선생님이어서 기분이 좋았습니다. 그러나 처음 배운 내용을 받아쓰기를 했는데 50점, 정신 바짝 차리고 받아쓰면 70점이었습니다. 창피하기도 하고 나 자신이 못난 것이 아닌가 하는 좌절감에 빠지기도 했습니다.

그러나 3학년이 되어 매일 일기를 쓰고 받아쓰기를 매일 3번 이상 하였습니다. 학교에 갔다 오면 가방 내려놓기가 무섭게 해야 할 공부를 열심히 하였습니다. 그 덕분에 지금은 받아쓰기든 수학이든 시험을 보면 거의 100점을 맞습니다.

하루는 선생님께서 한자 공부도 하라는 권유를 받고 열심히 하여 3급을 따고 이제 2급을 준비하고 있습니다.

3학년 1반 청일점 인기짱 박길하!

저는 어느덧 우리 학급에서 유일한 남자 청일점으로 인기짱이 되었습니다. 우리 반 학생들이 모르는 한자를 가르쳐 주기도 하고 어려운 수학과 받아쓰기도 척척 가르쳐 주고 있습니다.

지금의 제 당당한 모습은 양원학교에 오지 않았으면 상상도 못 할 일입니다. 앞으로 더욱 열심히 공부해서 한자급수왕도 되렵니다. 청일점의 인기를 계속 누리며 지켜 가겠습니다.

양원 가족 여러분! 우리 모두 무엇이든 한 가지씩 인기짱이 되도록 하였으면 좋겠습니다.

# 역경을 헤치고 성장을 꿈꾸며

이월희

나는 전북 익산의 가난한 농가에서 5남매의 맏딸로 태어났다. 내 밑으로 아들이 네 명이나 되어서 어린 나는 농사짓는 어머니를 대신하여 항상 동생들을 돌보느라 힘이 들었고 배가 고픈 날이 많았다. 내가 학교에 갈 무렵에는 아버지께서 노름을 하여 논과 밭이 몽땅 빚으로 넘어가면서 나는 학교에도 갈 수 없어 입학식에 가는 친구들을 보면서 서럽게 엉엉 울었다. 이런 나의 모습이 안됐는지 아버지께는 내 손을 잡고 "내년에 꼭 학교에 보내주마."라는 말을 남기고 멀리 떠나셨다.

집안 형편은 말할 수 없이 어려웠다. 해가 바뀌어도 집안은 더욱 어려워져 학교에 갈 수 있는 형편이 안 되었다. 나는 학교에 못 갔지만 동생들은 반듯하게 학교에 보내고 싶었다. 그리고 남자들이라 더 공부해야 할 것 같은 생각이 들었다. 그때부터 나는 동생들의 뒷바라지에 힘썼다. 동생들이 자라서 중학교에 가고 고등학교에 가게 되었을 무렵 명절에 고향에 온 친구 따라 무작정 서울로 올라왔다.

열여섯의 나이에 마땅한 직업을 갖고 일하기란 쉽지 않았다. 그렇지만 돈을 벌어서 동생들을 가르쳐야만 했다. 처음에는 봉제공장에서 일했는데 바느질이 익숙하지 않아 참 힘들었다. 토요일, 일요일도 없이 열심히 일하여 돈을 집에 보냈다. 그래서 동생들을 가르칠 수 있었다.

그러다가 수입이 좀 더 나은 약국에 취직하여 청소와 심부름을 하면서 알게 된 남편을 만나 결혼하였다. 시댁에는 남편 밑으로 딸 다섯에 아들 둘이 있었다. 시어른들은 내가 초등학교도 안 나오고 못 배운 줄도 몰랐다고 한다. 살면서 나의 실체가 드러나 사사건건 걸리는 데가 많았고 시어머니가 동서들과 비교하면서 노골적으로 무식하다고 무시하여 많이 힘들었다. 특히 누명을 씌우고 모진 소리를 하여도 어디에 하소연할 데가 없어서 혼자서 많이 울기도 했다. 세월이 흘러 큰아들을 낳아 친정에 갔더니 아버지께서는 화병으로 돌아가시고 안 계셨다. 친정에서 연락이 없어 아버지께서 돌아가신 줄도 모르고 그렇게 살았다. 나에게 배움의 길을 막아 버린 아버지를 마음으로 용서하고 오면서 많이 울었다.

시동생과 시누이들 대학교까지 뒷바라지하고 결혼을 시키면서 그 몫은 고스란히 맏며느리인 나의 몫이었다. 돈이 없어 화장은 물론이고 파마도 못해 보고 더구나 변변한 옷 한 벌 없이 살았다. 그래도 내겐 꿈이 있었다. 내 자식들을 반듯하게 키워서 가르치는 것이었다. 다행히 아이들은 이런 나의 바람에 잘 따라 주어 자녀 세 명을 모두 대학에 보냈다. 이럴 때 나의 마음은 벅찼고 온 세상이 다 나의 것만 같았다. 그러자 나의 마음 한구석에 접어 두었던 배움에 대한 욕구가 강하게 나를 흔들었다. 그래서 55세 되었을 때 남편에게 이러한 나의 마음을 강하게 선포하였다. 그랬더니 남편이 크게 반대를 하였다. 이에 나는 태어나 처음으로 나의 뜻을 굽히지 않고 “나 이제 당신하고 안 살아도 좋아. 학교에 가서 공부할 거야.”라고 하였더니 남편이 이런 나를 더 이상 말리지 않았다.

시댁 식구들에게는 비밀로 하고 학교를 수소문하여 양원초등학교에 입학하였다. 입학식 전날은 정말로 감격하여 뜬눈으로 밤을 새웠다. 시댁 식구 몰래 다니기가 쉽지 않아서 많은 역경이 내 앞을 가로막을 때는 학교를 포기하고 싶었지만 이제는 더 이상 내 자리를 내어주고 싶지 않아서 배움을 이어 졸업 학년이 되었다. 죽을 때까지 한 맺힌 공부를 하여 여자로 살면서 그동안 억울하고 못 배운 설움을 배움으로 모두 풀어 볼 작정이다. 그리고 한 가닥 불씨처럼 키우고 있는 작가로서의 꿈을 이루고 나처럼 배움을 이루지 못한 사람들을 위해서 봉사하는 삶을 살고 싶다. 내가 헤치고 나온 긴 역경의 터널은 어쩌면 나에게 성장을 꿈꾸게 해 주는 계기가 된 것 같다.

(푸른 세대 학생 수범사례)

# 어머니의 향기가 그립습니다

임성자

어머님 그동안 안녕하신지요?

이곳은 또다시 새싹이 돋고 앞다투어 꽃들이 피어나는 따뜻한 봄이 되었습니다. 어머님은 특히 진달래꽃을 좋아하셨지요? 어머님이 하늘나라로 떠나신 지도 벌써 14년이 지났습니다. 처음으로 어머님께 글을 쓰려고 하니 오래전 새색시 시절에 어머님을 처음 만났을 때가 생각납니다.

소녀 시절에는 농촌의 자연풍경과 어우러져 장작 타는 냄새도 좋았고 들녘의 향긋한 풀냄새가 참 좋았습니다. 돌담집, 초가집 굴뚝에 저녁밥 짓는 연기가 피어오르고 밤이면 시골집 마당에 휘영청 보름달이 비추면 달빛에 날개 달아 춤이라도 추고픈 황홀함에 빠져들었습니다.

이렇듯 농촌이 무척이나 좋아서 언니의 중매로 23살 나이에 6남매의 종갓집 맏며느리로 54세 시어머님으로 어머님을 만났지요. 고부의 인연으로 아무것도 모르는 저를 가르치시느라 얼마나 힘드셨을까요? 많은 논 농사일에 봄에는 모심기와 누에치기와 가을에는 추수가 겹쳐져서 무척 바빴습니다. 모심기도 줄을 대며 모를 심어야 했으며 농사 준비도 가을 추수도 모두 소를 부리며 사람의 힘으로 지어야 했기에 찔레꽃이 언제 피는지 아카시아 꽃은 언제 폈다 졌는지 감상하고 느낄 시간이 없었지요. 단잠을 깨어 새벽밥 지어서 시동생, 시누이 도시락을 싸서 학교 보내고 나면 넓은 집 흙 마당 대문 밖 골목까지 싸리비질 끝내고 아궁이 불 지펴 새참 만들어서 광주리 머리에 이고 손에는 막걸리 한 주전자를 정성껏 들고 일터에 도착하면 막걸리 한 사발로 시원하게 목을 축이시며 "너도 한 잔 받아라." 건네주시던 어머님의 그 막걸리는 잊을 수 없습니다. 아이 둘을 낳고 4년 후 서울로 살림을 나고 아빠 없이 아이를 키우는 며느리가 걱정되어 마음 아파하시며 온갖 양념을 다 챙겨 고추장은 옹기 항아리에 담아 나르셔서 시골집에 없는 작은 항아리가 저희 집에는 쌓여만 갔지요. 지금은 어머님께 배운 대로 항아리를 칼갈이로 사용하기도 하고 꽃병으로도 사용하면서 가끔 그 시절을 떠올려 봅니다. 어머님은 저를 진심으로 사랑해 주셨구나 하는 생각을 하며 같이 살 때에는 시집살이라는 생각도 많이 했었지만 60이 넘은 지금에 와서야 돌이켜 보면 그때가 정말 행복했었습니다. 어머님과 하고 싶은 말은 정말 많지만 어찌 이 짧은 글로 다할 수가 있겠습니까? 어머님이 많이 그립습니다. 안녕히 계십시오.

(문해학습자 편지쓰기 최우수상)

# 이제는 행복하다

이강금

저는 강원도 동해시 청옥산맥이 흐르는 두메산골 작은 마을에서 태어났습니다. 우리 집은 농사를 많이 짓고 꽤 잘사는 집이었습니다.

저는 2남 2녀 중 셋째로 태어났습니다.

다른 집도 마찬가지였지만 유난히 아들을 좋아하시던 할머니 밑에서 딸로 태어나 별로 귀여움을 받지 못하고 차별을 받으며 살았습니다. 오빠는 강원대학교 농대를 졸업했으며 언니들은 초등학교는 다녔습니다. 남동생 또한 고등학교를 졸업하고 해병대에 갔습니다.

나는 보국대에 가신 아버지 때문에 2학년을 다니다 동생을 돌봐야 한다는 이유로 학교를 못 다녔습니다.

여러분은 보국대를 모르실 것입니다. 보국대란 군인들의 짐을 지고 최전방으로 물건을 나르는 강제 노동자입니다.

전쟁이 끝나고 아버지가 집으로 오셔서 내가 학교에 안 다니는 것을 보시고 안타까워하셨습니다. 그리고 나에게 꼭 학교는 다녀야 한다고 이야기하셨지만 나는 친구들이 나보다 높은 학년에서 공부하는 것이 싫어서 고개를 저으며 다시는 학교를 가지 않았습니다. 나는 집안일을 하며 동생을 돌보며 그럭저럭 살았습니다.

그러던 어느 날, 서울에 살고 있던 언니가 서울로 올라오라는 소식을 전해 와서 '때는 이때다.'하며 서울로 올라와서 언니가 보내 준 편물학원에 다녔습니다. 그러나 학교에 안 다닌 것이 시시때때로 나를 힘들게 하였습니다.

편물 일을 하던 중 형부의 소개로 남편을 만나 결혼을 하고 아들 형제 낳고 행복하게 살았습니다. 남편은 돈을 잘 벌어와 먹고 사는 것은 걱정이 없었습니다. 이제는 형제가 장성하여 결혼시키고 손자 손녀를 낳아 잘 살고 있습니다. 남편이 돌아가신 지금은 나만을 위한 시간이 되었습니다.

어느 날 친구의 소개로 양원학교에 와서 공부하게 되었습니다. 글을 몰라 가슴에 한이 되었던 응어리를 풀게 해 주신 교장 선생님께 감사를 드립니다. 그리고 양원학교 여러 선생님들께도 감사하고 담임 선생님께도 감사를 드립니다. 담임 선생님은 글쓰기를 열심히 가르쳐 주셔서 나의 이야기를 쓸 수 있게 하셨습니다. 늦게 시작한 공부지만 빛나는 졸업장도 받고 중학교도 다니려는 목표가 생겼습니다.

나는 내 생애 중 요즈음이 제일 행복합니다. 왜냐하면 자고 나면 갈 곳이 있고 학교에 오면 늘 새로운 것을 배우고 마음을 터놓고 이야기를 할 수 있는 친구들도 있기 때문입니다. 먼저 가 버린 남편에게도 편지를 쓸 수 있게 되었습니다.

"여보 걱정하지 마세요. 나는 행복하게 살고 있어요. 때가 되면 당신을 만나러 갈 것이에요. 천국에서 기다리고 계세요."

# 행복한 하루

이도자

뉴스에서는 태풍이 온다는데
가족 여행의 꿈을 날릴 수 없어
부슬부슬 비를 맞으며
차에 올랐지요.

어느덧 비 그친 계곡에
흐르는 맑은 물소리
누덕누덕 쌓인 마음의 때가 씻겨 나가
뻥 뚫린 가슴에 웃음이 피어나고
물가 방갈로 앞에 차려진
며느리들이 준비한 음식
아들 셋이 굽는 고기 향기는
숲 속 가득 솔솔 번져 갔지요.

귀여운 손자 손녀들 발밑에서
찰방거리는 물소리도 귀여워
웃음 가득 머금은 어른들
행복은 이렇게 가까이 있는 것을

아쉬움을 남기고 돌아선 가족 여행
귀여운 손자들의 재잘거림이
오래오래 여운으로 남았지요.

# 한강

정복순

부천에서 지하철로 한강을 건널 때마다 양원초등학교를 바라본다. 오늘은 말없이 흐르는 강물이 더 깨끗하고 아름다워 보인다. 올 가을에 보이는 한강은 왜 이렇게 남다를까? 억새풀 숲 사이로 흐르는 물을 바라보며 잠시 생각에 잠겨 본다.

2년 전 두려워 떨리는 가슴으로 입학식장에 들어섰을 때, 나만 어려운 상황에 처했었고 나만 배우지 못해 서러운 줄 알았다. 입학식장에서 나와 비슷한 처지의 학생들이 매우 많은 것을 보고 큰 위로를 받았다. 더욱 연세가 80이 넘은 어르신을 보고는 용기가 났다.

금년 들어서는 지난 9개월 동안 정든 친구들과 함께 해서 없던 자신감도 조금씩 생겨났다. 학급경영자 선생님께서도 아버지처럼 다정하게 설명해 주시고 이끌어 주셨다. 글짓기상과 방학 과제 우수상도 받아 보았다. 특히 글짓기에 소질이 있다고 칭찬을 해 주신 후에는 용기도 났다. 그 용기에 힘입어 나의 주장발표 대회에도 출연하여 상을 받았다. 내 생애 최고의 행복이었다.

양원은 나의 인생에서 말할 수 없는 변화를 주었다. 내 나이 이제 내일 모레면 칠십 살이다. 이 많은 나이에 학교에서 공부를 하고 있는 내가 정말이지 자랑스럽다. 눈만 뜨면 올 수 있는 곳, 그것도 공부하는 곳이 있다는 것, 그 자체만으로도 눈물겹게 고맙고 감사할 뿐이다.

나는 황해도 옹진에서 태어났다. 네 살 때 6.25 한국 전쟁이 났다. 인천에 잠시 머물다가 1.4후퇴 때 평택으로 피난을 갔다. 피난길이 참 고통스러웠다. 어릴 적부터 체질이 약했던 내가 보름 동안이나 굶으면서 제대로 된 신발도 신지 못한 채 인천에서 평택까지 걸었다. 그때 영양부족이 너무나 심해 다리가 꼬였고 그 후 걷지를 못했다. 그 후유증으로 몸이 쇠약해져 학교에 갈 나이에 학교에 가지 못했다. 그때부터 공부는 나의 한이 되었다.

나는 매일 부천에서 학교에 다니기 위해 아침에 부지런히 집안일을 해 놓고 아침 겸 점심을 먹고 집을 나선다. 지하철로 한강을 건널 때면 어김없이 강물을 바라본다. 굽이쳐 흐르는 강물을 바라보면 내 마음이 힘들고 지칠 때마다 용기가 나고 희망이 샘솟는다.

그리고 어제도 오늘도 한결같은 모습으로 흐르는 강물은 변덕이 심한 나에게 초심을 잃지 말고 꿋꿋하게 나아갈 것을 명령한다. 그리고 정말 공부가 힘들 때에는 이선재 교장 선생님의 말씀을 강물 위에 새긴다.

"피할 수 없으면 즐겨라.", "신이 행복을 선물로 줄 때는 고통이라는 포장지에 싸서 준다."

어려울 때마다 내 포장지는 특별히 더 크고 화려한 것이라 생각하고 감사하면서 오늘도 학교를 향하여 힘찬 발걸음을 내딛는다.

# 경옥이 이야기

김경옥

저는 1943년생 올해 나이 72세입니다.

현재 저는 그 많은 세월 다 보내고 돌고 돌아서 이제야 서울 양원초등학교에 다니고 있습니다.

지나온 세월을 생각하니 코끝이 찡해 옵니다. 나를 낳아 주신 어머니의 얼굴도 이름도 모른 채 서모 밑에서 제대로 배우지도 못하고 설움받으면서 살아온 세월에 가슴이 시려 옵니다.

나이 들어서 결혼을 했지만 시집 역시 살림살이가 형편없었어요. 단칸방에 산꼭대기를 전전하며 아들 둘을 업고 걸리고 남편과 열심히 살았습니다. 생활은 넉넉지 못해도 남편이 근면 성실하고 열심히 일한 덕에 조금씩 조금씩 나아져서 아이들 초등학교 때 생전 처음으로 우리 집도 장만하고 세상을 다 얻은 것같이 기쁘고 행복했습니다.

아이들도 말썽 없이 건강하고 바르게 잘 자라 주었습니다. 남편은 성실하고 자상하며 아이들에게 좋은 아빠였습니다. 부자는 아니어도 시어머니 모시고 열심히 살았는데 남편이 57세에 갑자기 세상을 떠나고 말았습니다.

아무런 마음의 준비도 없이 그렇게 남편을 잃어버리니 의욕도 없고 세상을 살아가는 게 너무나 허망하였습니다. 글을 모르는 저에게 걱정을 많이 해 주셨고 제가 외출하면 주소와 전화번호를 메모해서 지갑 속에다 꼭 넣어 주시던 자상한 남편이었는데 고생만 하다가 왜 그렇게 빨리 가 버렸는지 모르겠습니다.

지금도 남편 생각을 하면 새삼 눈물이 핑 돕니다. 하늘에서도 양원초등학교에 다니고 있는 것을 알면 크게 기뻐할 것입니다. 지금은 큰아들, 큰며느리, 작은아들, 작은며느리, 손자, 손녀 부족함 없이 이렇게 건강하게 잘 살고 있는데 아들 결혼하는 것도 못 보고 고생만 하다가 가 버린 남편이 한없이 불쌍하고 보고 싶어집니다.

저도 이젠 자랑스럽게 학교도 다니고 여행도 다니면서 잘 살고 있는데 소원이 있다면 자녀들이 아버지를 닮아 성실하고 건강하게 화목한 가정을 꾸려 나가고 저는 그동안 못 배운 설움을 다 잊고 양원에서 맘껏 공부하여 양원초등학교를 졸업하고 중학교에 입학하는 것입니다. 오늘도 저는 아침 일찍 학교에 가기 위한 준비를 서두르고 아들은 엄마를 태워다 주려고 기다립니다. 아들과 며느리 모두 고맙고 온 가족들이 도와주니 고마울 뿐입니다.

마지막으로 학교를 다닐 수 있는 이 행복을 주신 교장 선생님께 감사드립니다. 열심히 공부해서 보답하는 사람이 꼭 되겠습니다. 다시 한 번 감사드리며 경옥이의 이야기를 마칩니다.

# 세계 휠체어 농구대회

김옥순

힘내라 선수들아
달려라 선수들아
일어서라 선수들아!

휠체어를 타고
얼마나 많은 날을
그렇게 넘어지면서
다시 일어섰느냐!

세계인의 마음으로
양원인도 일성인도
모두 한마음으로 보내는
가슴 뜨거운 이 함성!

핑계 대며 멈추려던
내 마음이 부끄럽구나.
선수들이 준 것은
새로운 꿈과 희망, 그리고 열정

고맙다. 장하다.
우리 모두의 아들들아!
응원하러 왔다가 더 큰 것을
얻어 가는구나.

# 한자 7급 합격

(2014년 7월 18일 금요일 맑음)

이강숙

일터에 갔다 집에 오는 길에 친구를 만났다. 친구가 모임에 가는데 같이 가자고 하여 학교에 간다고 하였더니 그렇게 공부해야 하냐고 핀잔을 주었다. 하지만 나는 친구가 답답하고 한심하기까지 하다.

학교에 오고 가는 시간에 틈틈이 전철에서 책을 보면 어느새 학교 앞에 이르게 되고 반가운 학급 친구를 만나서 공부하는 동안에 하루가 꿈처럼 흐르는 즐거움을 맛보게 된다. 어쩌다 옆 친구의 말과 행동이 못마땅하고 공부가 쉽지 않아 머리가 아파도, 내 몸의 건강이 좋지 않아 에어컨 바람이 싫어도 땀 흘리는 친구를 생각해서 참고 웃어넘기면 교실은 웃음꽃 천지가 된다.

학교에 도착하니 선생님께서 환하게 웃으시며

"이강숙 씨, 축하드립니다. 한자 7급 합격입니다."하신다.

두 번 떨어지고 포기하려고 하였는데 선생님이 자꾸 해 보라고 하셔서 도전하였더니 결국 합격이 된 것이다.

"선생님, 감사합니다. 고맙습니다."

눈물이 왈칵 흘러나왔다. 모임에 못 가고 하고 싶은 일도 하지 못하며 학교에 나올 때, 때로는 나 자신이 한심할 때도 있었는데 무척 행복하였다. 친구들도 자기 일처럼 기뻐하며 축하해 주었다. 오늘의 기쁨을 잊지 않고 6급에 도전할 것이다. 이제 많은 사람들은 6호선 지하철 안에서 한자 공부하는 나를 만나게 될 것이다.

이강숙 화이팅!

# 강화도 체험학습

곽소선

강화도로 체험학습을 간다고 하니 어릴 때 소풍 가고 싶었던, 그러나 가지 못했던 이런저런 생각에 잠을 설치고 일찍 일어나 맛있는 음식을 준비했다. 친구들과 나누어 먹을 생각에 마음이 즐겁고 행복한 생각을 하면서 학교로 갔다.

오전 8시 20분까지 오라고 선생님께서 말씀하셔서 시간에 맞게 도착하였다. 우리 2학년 7반 친구들이 보이고 담임 선생님도 보였다. 잠시 후에 7호차 관광버스를 탔다. 교장 선생님께서는 함께 가시지는 않고 우리들을 위해서 잘 다녀오라고 친정아버지같이 좋은 말씀을 해 주셨다.

우리는 9시에 출발해서 10시경에 인천광역시 강화군 고인돌 주차장에 도착을 했다. 들에는 여러 가지 꽃들이 울긋불긋하고 사람들 옷도 알록달록했다.

선생님을 따라 고인돌과 역사박물관 그리고 고려 궁지도 보고 광성보와 초지진을 들렀다. 가는 곳마다 선조님들께서 나라를 위해 훌륭한 일을 많이 하신 것을 보면서 고개가 숙여졌다. 그러나 우리들은 역사에 대해서는 잘 알지 못했다. 자세하게는 모르지만 안내자와 선생님들의 설명하시는 말씀을 귀담아 많이 들었다. 박물관에서는 조상들의 삶의 모습을 보여 주는 집과 그리고 가구와 공예품들을 관리하고 있었다. 가는 곳마다 우리 선조님들이 만들어 놓으신 문화유산들이 보기 좋았다.

잠시 후에 점심시간이 되었다. 경치가 좋은 장소에서 맛있는 점심을 먹고 재미있는 게임을 했다. 우리 담임 선생님께서 사회를 보셨다. 각 반 학생들은 장기자랑도 하고 반에서 준비한 〈개똥벌레〉 노래를 손 무용도 같이 하였는데 모두 손뼉을 치며 즐겁게 부르고 오락시간을 마치며 아쉬워했다.

미리 알려 주신 대로 오전 8시 20분까지 와서 9시에 출발했고 도착할 시간은 오후 4시경에 도착한다고 했는데 지켜졌고 비가 온다고 했는데 비도 안 오고 날씨가 참 좋았다.

이렇게 체험학습을 사고 없이 잘 다녀오고 즐겁고 행복하게 마무리해서 매우 감사했다.

# 먼저 간 사랑하는 동생 장렬이에게

박현주

장렬아!

네가 세상을 떠난 지 벌써 20년이 지나가는구나.

꽃이 피고 만물이 소생하는 계절이 되니 더욱더 네 생각이 나는구나.

그동안 하늘나라에서 잘 지내고 있겠지?

꽃은 계절이 바뀌면 예쁘게 다시 피어나는데 한 번 간 너는 왜 다시 만날 수 없을까? 더구나 세월이 가면 갈수록 더욱더 또렷해지는 너의 모습…….

인생의 허무함이 너무도 야속하구나. 우리가 어렸을 때 고향 마을에서, 봄철이면 마을 뒷동산에서, 너의 손을 잡고 뛰어 놀던 일, 시냇가에서 깔깔거리며 즐겁게 멱을 감던 일, 어머니가 남의 집에 가서 모를 심어 주고 나서 밥 먹으러 오라고 부르면 밥 얻어먹으러 같이 손잡고 뛰던 일, 이 모두가 한 점의 구름같이 흘러갔으나 나의 마음속에는 영원히 잊히지 않는구나.

장렬아!

늙으신 어머님과 어린 자식들을 남겨 놓고 갔으니 너의 가슴 또한 얼마나 아팠을까? 몇 년 전 어머니와 같이 너의 산소를 찾았을 때 구십이 훨씬 넘으신 어머니께서 너의 묘에 난 풀을 뽑으시면서 너의 이름을 애타게 부르시며 이제 나도 이 묘에 오는 것이 마지막이 될지 모른다고 저세상에 가서 다시 만나자며 하염없이 울부짖는 소리를 너도 들었겠지?

그러나 장렬아, 사람이 죽고 사는 것이 마음대로 되는 것이 아니지 않느냐? 너의 옛날 사진을 보면 다시 살아서 돌아올 것 같은 모습이지만 한 번 떠난 너는 다시 만날 수 없으니 이 세상이 너무도 야속하구나. 이제는 저세상에서 모든 것 다 잊고 편히 쉬어라.

우리 가정이 어려워서 그렇게 하고 싶어도 못했던 공부를 이제는 늦게나마 양원초등학교에 와서 열심히 신나게 공부하고 있단다. 그 덕분에 이렇게 너에게 편지도 쓰게 되는구나. 양원학교에 무척 감사하단다.

가끔 우리 고향, 그리고 사랑하는 네가 보고 싶을 때면 먼 고향 하늘을 바라보면서 몇 자 너에게 편지를 또 띄워 보낼게.

다시 만날 때까지 편히 있으렴.

2014년 5월 2일

늘 너를 사랑하는 누나 씀

# 남편 만나러 가던 날

(2014년 8월 17일 일요일 날씨 맑음)

최태희

날이 밝기를 기다려 6시에 온양행 버스를 탔다.

차창으로 시원한 아침 공기가 이마의 땀을 식혀 주었다. 이제 버스에 탔으니 조금 있으면 남편의 묘소에 닿을 것이다. 달리는 버스 밖으로 펼쳐지는 농촌 풍경을 바라보니 지나간 날들이 영화 필름처럼 떠오른다.

사랑하는 남편이 저세상으로 떠난 후 나는 깊은 슬픔에 빠졌다. 그동안 나는 모든 것을 남편에게만 의지하고 살았다. 그러니 당장 모르는 곳은 혼자 갈 수도 없고 은행에 가서 일을 볼 수도 없었다. 심지어 목욕도 안하고 세수도 하지 않은 날도 있었다. 만사가 다 귀찮았다. 그런 내가 걱정이 되었던지 자식들이 나를 종합병원에 데리고 갔고 거기에서 우울증 진단을 받았다.

그날부터 결혼한 자식들은 매일 전화를 하거나 찾아와서 안부를 묻고 나를 아기 돌보듯 하였다. 정신을 차려보니 내가 자식들의 짐이 되어 아이들을 너무 힘들게 한다는 자책이 들어 열심히 먹고 아이들이 가자는 데는 마다하지 않고 따라다녔다.

그러던 중 딸의 소개로 양원학교를 알게 되었고 나는 그 길로 학교에 입학하였다. 양원학교에 다니면서 나의 생활은 정말 많이 달라졌다. 공부가 이렇게 재미있을 줄 꿈에도 몰랐다.

앞으로 나의 목표는 열심히 공부하여 자동차 면허증을 따고 대학 합격증도 따서 남편에게 자랑하는 것이다. 그래서 그동안 못한 공부를 보충하려고 특강에도 빠지지 않고 열심히 참여하고 있다. 그러다 보니 우울증은 언제 없어졌는지 모르게 없어지고 말과 웃음이 많아졌다.

깊은 생각에 빠져 있던 나는 "온양 종점입니다."하는 소리에 깜짝 놀라 버스에서 내려 남편 산소로 향했다. 아들과 함께 오지 않고 혼자 온 것은 조용히 남편을 만나기 위해서다. 그간의 집안일과 학교생활을 이야기하고 칭찬받고 싶어서다.

"여보, 이제 걱정 마세요. 다음에 하늘나라에서 만날 때까지 열심히 살다 갈게요."

# 꿈만 같은 학교생활

추원심

나는 전남 해남군의 시골마을에서 4남 6녀 중 5녀로 태어났다. 딸이었지만 부모님의 배려로 초등학교에 다닐 수 있었는데 4학년 초쯤 육성회비를 안 낸 사람들 모이라고 한 교실로 갔더니 우리 동생도 와 있었다. 육천 원씩 하는 육성회비를 둘이나 내며 다니기에는 우리 살림으로는 너무 벅차다는 것을 알게 되었다. 내가 포기하면 동생이 학교에 다닐 수 있다는 생각에 서운했지만 학교를 접고 부모님의 농사일을 도왔다.

22살이 되어 착한 남편을 만나 결혼을 하고 고향을 떠난 지 한 달도 안 되어 하혈을 하기 시작했다. 창피해서 밖에 나가지도 못하고 2년 동안 혼자 방에서 울고 지내며 좋다는 약초는 다 갖다 달여 먹은 뒤 병이 낫게 되었고 아이도 가질 수가 있었다. 그 기쁨도 잠깐이고 이제는 남편의 눈이 보이지 않게 되는 참담한 일이 생겼다. 병원치료, 한방치료, 날마다 무당 데려다 갖은 굿 다했지만 눈은 보이지 않고 가난한 살림에 돈만 다 날려 버렸다. 그런데 동네 아주머니 한 분이 예수 믿으면 병 낫는다는 말을 해 주어 그 길로 남편과 교회를 찾아가 하나님을 만났고 조금씩 시력이 돌아오는 기적을 체험하며 온 가족은 예수를 믿고 기쁘고 행복하게 살고 있다. 부부가 아팠던 경험은 삶에 많은 어려움을 이겨 내는 데 큰 힘이 되었다.

죽을 것 같은 절망의 시간이 지나고 아이들도 결혼을 하고 나니 배우다 만 공부를 하고 싶다는 생각이 들었지만 용기가 없어 선뜻 행동으로 옮기지 못했다. 내게 학교를 양보받았던 동생이 어느 날 일성중학교에 입학하더니 나를 데리고 일성여중 특강 공부하는 것을 보여 주며 배움에 용기를 북돋아 주었다. 이런 세상도 있구나 싶어 정말 놀랍고 부러웠다.

돌아오는 길에 용기를 내어 양원초등학교에 등록을 하고 얼마나 설레던지 학교에 다닐 수 있다고 생각하니 꿈을 꾸는 것 같았다. 용기가 없는 언니를 위한 동생의 배려가 눈물겹게 고마웠다. 드디어 3학년에 편입하게 되었고 인천이 집이어서 왕복 4시간이 걸리지만 배운다는 즐거움에 피곤한 줄도 모른다. 나에게도 이런 세상이 오다니! 내 생애 처음으로 상을 탔을 때는 감격의 눈물도 흘렸다.

배움에 목마른 우리들은 하나라도 더 머리에 담아 두려고 열심히 하지만 집에 돌아갈 때는 잊어버리는 게 더 많아 절망스러울 때도 많다. 열정적으로 가르치시는 선생님께 죄송하여 인사도 제대로 하지 못하고 갈 때도 있지만 하고 또 하고 될 때까지 반복하면 된다는 선생님 말씀을 믿고 한자 7급 시험공부도 하고 있다. 꼭 합격하여 선생님을 실망시키지 않고 양원초등학교를 빛내는 사람이 되고 싶다. 중학교, 고등학교까지 다니는 멋진 학생이 꼭 될 것이다.

# 고마운 손

윤맹례

며칠 전 집안 청소를 하다가 책상 모서리에 손을 긁혔다. 소독약을 찾아 상처에 바르다 문득 쪼글쪼글 주름살투성이인 나의 손이 눈에 들어왔다. 내 손이지만 내 눈으로 보아도 참 못생겼다. 어쩌다 내 손이 이렇게 거칠어지고 보기 싫게 되었을까? 예전에 얼굴 예쁘다는 소리는 못 들어 보았지만 손이 참 부드럽고 따뜻하단 말을 많이 들었다.

나는 어릴 적부터 황소처럼 농사일을 하면서 자랐다. 사시사철 산에 가서 나무를 해야 했고 봄이면 나물 뜯기, 밭 갈기, 여름에는 논밭에 거름주기, 풀 뽑기, 가을에는 논밭에서 고구마를 캐고 벼를 벴다. 이러는 사이에, 예쁘고 고왔던 나의 손도 점점 거칠어져만 갔다.

그래서 오래된 고목나무처럼 억세 지고 주름살도 줄줄 번지어 손등은 마치 나무껍데기처럼 딱딱해졌다. 예전의 부드러움과 따뜻함이란 이제 전혀 느낄 수 없게 된 것이다.

그렇지만 때로는 이 손이 참 효자라고 생각될 때도 있다. 지금까지 나의 일생을 살아오면서 이 손 하나로 모든 일을 다 해 왔다. 동생들을 돌보고 집안일을 하느라 학교 문턱도 밟아 보지 못했다. 배운 것이 없어서 마음속, 머릿속에 담겨 있는 것은 아무것도 없었다. 그래도 내 손이 건강해 주었기 때문에 우리 아이들 셋을 이 손을 움직여 대학 교육을 시킬 수 있었다.

배우지 못해, 꼭 필요할 때에 어쩔 수 없이 남의 손의 도움을 받은 적도 많았다. 은행 업무를 볼 때 내 손으로 할 수가 없어서 직원에게 도움을 요청한 적도 있고, 중요한 서류를 작성할 때도 남의 도움을 받아야만 했다. 그렇지만 양원학교에 다니면서부터 나의 손으로 은행 업무도 볼 수 있게 되었고, 지금은 편지까지 척척 쓸 수 있게 되었으니 정말 기쁘다. 더구나 이렇게 내 손으로 글까지 지어 쓸 수 있는 지금, 나는 매우 감격스럽다.

이제 나의 손도 늙어서 예전보다 거칠고 미워졌지만 이런 나의 손이 싫지만은 않다. 그만큼 고생시킨 나의 손에게 "그동안 네가 있어서 모든 일을 척척 해낼 수 있었다."라고 인사라도 하고 싶은 심정이다.

오늘도 나는 고생한 손에게 핸드 로션을 듬뿍 발라 주며 고맙다고 인사를 해야겠다.

"손아, 그동안 수고 많았어. 참 고마워!"

# 그리운 어머니께

이주례

어머니!

아침저녁으로 쌀쌀한 바람이 부는 초가을로 접어들었는데 어머니 건강은 어떠신지 염려가 됩니다.

지난 여름방학 때 어머니를 뵈니 너무 많이 야위시고 얼굴에 주름살도 늘어서 가슴이 많이 아팠습니다. 그래서인지 어머니 모습만 떠올려도 눈물이 나고 보고 싶어집니다.

어머니가 젊으셨을 때는 얼굴도 고우시고 목소리도 크셨고 자식들에게 호랑이처럼 무섭고 엄한 분이셨지요. 그런 어머니께서 구십의 연세를 넘기면서 점점 아기가 되어 가고 있는 것 같아 가슴이 아픕니다.

어머니의 딸 저도 벌써 나이가 70에 가까워졌고 흰머리도 많이 났습니다. 아홉 살 철부지 때가 엊그제 같기만 한데 지금은 손자가 여섯이나 되는 할머니가 되었답니다.

어머니!

제가 초등학교에 가야 할 나이에 집안 형편이 어려워 학교 갈 엄두도 낼 수 없었지요. 그런 사정을 알면서도 왜 그렇게 부모님이 원망스러웠는지 모릅니다. 나는 이다음에 엄마가 되면 자식들이 하고 싶다면 무엇이든지 다 해 주겠다고 마음먹었지만 저도 막상 부모가 되어 자식들이 하겠다는 것을 들어 주지 못할 때 어머니 생각이 떠올랐습니다. '제가 초등학교도 못 다닐 때 어머니의 마음은 얼마나 아프셨을까?'하는 생각이 나서 어머니께 학교 보내 달라고 모진 말을 한 것을 많이 후회했습니다.

어머니!

그 후로 60년이 지난 지금 저는 초등학교에 입학을 하고 열심히 공부하며 행복한 생활을 하고 있습니다. 이 나이에 가방을 메고 학교에 다닌다는 제 말만 들으시고도 좋아서 활짝 웃으셨지요. 이것도 다 어머니가 뒤에서 열심히 응원해 주시는 걸로 알고 감사드립니다. 앞으로 열심히 공부해서 늦었지만 중학교, 고등학교, 그리고 대학 졸업장을 받는 꿈도 가지고 있습니다.

어머니!

제가 학교 다닌다고 어머니께 소홀히 하는 것 같아 죄송합니다. 돌아오는 추석에는 어머니를 찾아뵙겠습니다. 그때까지 몸 건강하시고 드시고 싶은 것이 있으면 동생을 통해서 연락 주세요.

2014년 8월 29일

딸 주례 올림

# 안양 예술 공원에서

(2014년 7월 9일 날씨 맑음)

최분순

오랜만에 다정한 친구와 안양에 있는 예술 공원에 갔다. 큰 나무들이 우거져서 한여름인데도 그리 덥지도 않고 오히려 시원하게 느껴졌다.

녹음이 짙어 가는 계곡 길을 따라 많은 사람들이 오가고 있는 모습이 활기를 느끼게 해 주었다.

엇그제 조금 내린 비로 계곡물이 좀 흐를 줄 알았는데 물이 말라 가는 계곡을 바라보니 농사짓는 사람들이 힘들어질 것 같아 걱정스럽기도 했다. 남쪽으로는 가뭄이 더 심하다고 하니 고향에 사시는 친척들이 한층 더 걱정이 되었다.

태양은 뜨거웠지만 나무 그늘에 앉으니 머리 위 짙푸른 떡갈나무에서는 산 까치와 매미 소리가 우리들의 만남을 축하하듯 정겹게 들려왔다.

우리는 그동안 만나지 못해서 쌓인 이야기보따리를 풀어놓고 나는 우리 양원학교 자랑도 하면서 시간 가는 줄을 몰랐다.

다정한 벗과 같이 점심과 시원한 음료수를 마시며 살아온 이야기로 회포를 풀고 나니 매우 행복했다. 오늘따라 내 친구가 더욱 사랑스럽고 정겹게 느껴졌다. 정말 즐거운 하루였다.

# 역사의 향기를 찾아서

**김유순**

아침에 비가 오면 어쩌나 걱정을 하면서 창문을 열고 밖을 보았다. 비가 올 거라는 예보와 달리 날씨는 화창하였다. 도시락을 싸서 즐거운 마음으로 집을 나섰다. 마음은 벌써 친구들 앞에 간 것 같았다. 이대역에서 내려 걸어서 버스가 있는 곳까지 와 버스에 올랐다. 친구들은 벌써 다 나와 있었다. 교장 선생님께서 버스마다 올라오셔서 격려의 말씀을 해 주셨다. 오늘은 많이 보고 많이 느끼고 오라는 말씀을 해 주셨다. 선생님과 친구들은 버스를 타고 가는 도중 노래도 하며 재미있는 시간을 보냈다. 노래 부르다 밖을 내다보니 하얀 꽃이 만발하고 있었다. 무척 아름다워 옆 친구에게 물어 보니 배꽃이란다. 우리가 먹는 배꽃이 저렇게 아름다운 줄은 몰랐다.

친구들과 수다를 떨다 보니 벌써 강화에 도착했다. TV에서만 보았던 고인돌을 처음으로 보았다. 옛날에 저렇게 큰 돌을 어떻게 움직였을까 생각하며 해설사가 설명하는 것을 들었다. 고인돌은 무덤이며 자기 부족의 힘을 나타내고 이정표 역할도 한다는 것을 알게 되었다.

고려 궁지에 와서 우리 선생님께서 설명하시는 외규장각에 대한 이야기를 듣고 우리 문화재를 소중히 하고 빼앗긴 것을 꼭 찾아와야겠다고 생각하였다.

광성보에 와서 둘러앉아 점심을 맛있게 먹었다. 친구들과 이야기도 하고 노래자랑도 하였다. 정말 즐거웠다. 내가 양원학교에 와서 이런 역사공부도 하고 체험학습도 하는 것이 자랑스럽고 행복했다. 보람된 하루였다. 열심히 공부하고 내년에는 더 좋은 곳을 체험학습하고 싶다.

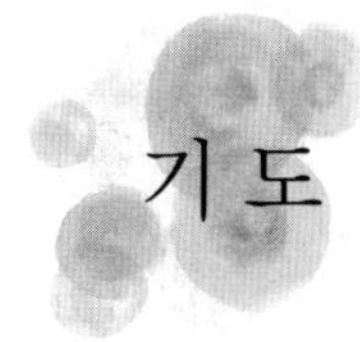

# 기도

이순례

고귀한 여린 풀잎들이 푸르르 떤다.
생떼 같은 그 여린 망울들
피지 못한 꽃잎이 억지로
떼어지는 갈림에서

엄마가 운다 엄마가 울어
바다도 운다 바다가 울어

엄마 아빠 동생 누나
불러 보고 만지고픔이 단절되는 순간
장이 끊어지는
고통과 아픔과 슬픔은
떨어지는 꽃잎들의 천 개의

겹침일 거야

방방곡곡 눈물 눈물
우물이 되고
영혼들을 달래 주는 마중물 되소서
평생을 아파야 할 어미들의 가슴을
도닥여 주소서

꽃을 꺾는 무지함의 인간들을 살펴 주소서
그리고 아가들아
안녕 정말정말 미안해.

(제12회 소월 백일장 대회 차하상 수상)

# 운수 좋은 날

이인숙

현진건의 〈운수 좋은 날〉을 읽고 나서 인생은 참으로 허무하다는 것을 느꼈다. 천년만년 살 것 같이 죽도록 하루를 열심히 사는 사람. 하루 삼시 세 땟거리도 벌기 힘든 세월. 제목과는 정반대인 운수 제일 안 좋은 날. 설렁탕 한 그릇 제대로 사 먹이지 못하고 약 한 봉지 제대로 사 먹이지 못하는 김첨지 마음이 사뭇 이해가 간다. 그날따라 어찌 예전보다 조금은 주머니가 뿌듯한 모양이던가.

집에 있는 부인 생각에 그 어렵게 번 돈으로 꾸러미를 꾸려 큰마음 먹고 사 가지고 갔건만 무심하게도 싸늘한 강가에 저 얼음조각처럼 굳어 버린 부인의 육신. 아마도 운수 좋은 날이 되지 말고 차라리 반전의 날이었다면 그러한 비극의 날이 아니었을지도 모른다. 허나 삶 속에서도 마찬가지지만 오늘날 행복이 다하면 슬픔이 언제나 뒤를 따르듯이 어찌 그 가난한 세월을 잊을 수 있단 말인가. 그렇게 가난하지만 않았더라도 아마도 그리 아쉽게 세상을 달리하지 않았으리라 믿는다. 약 한 봉지 마음대로 사 먹지 못하는 세월. 그 시절이기에 그러한 운명도 쉽게 하지 않았나 생각한다. 정말 생각하면 슬픈 존재가 아닐 수 없다. '설렁탕 사다 놓았는데 왜 먹지를 못하니 왜 먹지를 못하니? 괴상하게도 운수가 좋더니만….' 이 구절이 모든 사람 가슴속에 아마도 뭉클하게 남아 있을 구절, 애절하게 슬픈 현실에 있을 만한 사연. 그래서 옛날부터 전해져 오는 말, 먹고 살 만하면 불행이 온다고. 이것이 인생살이인 듯싶다.

오늘이 힘들면 내일을 기다리며 희망을 바라보면서 사는 게 삶이다. 하지만 운수 좋은 날처럼 반어적이 아니고 좋은 날만 여전히 지나고 살았음 얼마나 좋으련만. 그리 살아 보면 또 운수 좋은 날이 있으리라 믿어 의심치 않는다.

# 아버지가 지어주신 이름으로

**신옥순**

아버지! 기억도 하나 없는 당신이었기에 일찍 떠나신 당신을 종종 원망은 했지만 제 마음을 담아 '아버지'라고 불러 본 건 아마도 처음인 것 같습니다. 엄마에게 들은 말로는 저를 예뻐하셔서 형제들 돌림자도 아닌 촌스러운 이름을 당신이 지으셔서 출생신고를 하셨다고 들었습니다.

어릴 때 저는 큰아버지가 새로 지어 주신 '영숙'으로 불려서 옥순이가 제 이름인지도 몰랐습니다. 초등학교 입학 전에 노트에 제 이름 신영숙을 빼곡히 써 갔는데 선생님이 네 이름은 신옥순이라고 하시더군요. 싫었습니다. 그 이름 때문에 학교 다니면서 놀림도 받았고요. 그래서 저는 서류상 꼭 필요할 때가 아니면 옥순이란 이름을 안 쓰고 살았어요. 그 대신 천주교회를 다니게 되어 제 마음에 드는 세례명 '신엘리야'로 살아왔습니다.

제 삶은 거의 성당 일과 연관되고 성당 교우들과 지낸 세월이 30년이 넘다 보니 어디 가나 저는 신엘리야로 불리며 살았는데 올 1년은 아버지 당신이 지어 주신 이름 '신옥순'으로 살게 되었습니다.

이렇게 당신께서 지어 주신 이름을 다시 쓰게 되니 얼굴도 모르는 당신이 그립기도 합니다. 지금 계셔서 제가 중학교를 간다고 하면 좋아하실까? 미안해하실까? 마음 아파하실까? 제 마음은 기뻐하셔도 좋을 것 같아요. 그 시대는 저 같은 자녀들이 너무나 많았음을 제 눈으로 보고 알게 되었거든요.

아버지 그 이름을 안 쓰려고 기를 쓰며 미뤄 두었는데 제가 740명 신입생 대표로 선서를 하게 되었습니다. 적어도 선생님과 같은 반 학생들에게만은 공개적으로…… 신. 옥. 순. 그래서 오늘은 기억 하나 없는 아버지지만 고맙다고 감사하다고 말씀드리고 싶어서요. 살아 계셨으면 아마도 끌어안고 함께 기쁨의 눈물을 흘리지 않았을까요? 옆에 안 계시지만 아버지가 지어 주신 이름 신옥순으로 잘 살겠습니다.

# 설레임 반, 걱정 반

이금순

3월 5일. 날짜가 다가오면서 설레임 반, 걱정 반 내 가슴은 왔다 갔다 했다. '과연 내가 잘 할 수 있을까?'하는 순간 드디어 그날이 왔다. '내 나이 66년 만에 중학교에 가다니 그래 가서 부딪쳐보자.'하고 학교로 와서 보니 상상외로 나 같은 사람들이 많이 있었다. 입학식이 시작하기 30분 전부터 예행연습이 시작되었는데 정말로 소녀로 돌아가는 느낌이 들었다. 그리고 정식으로 식이 시작되고 학생들이 소감문을 낭독할 때 나도 그 삶에 공감이 되어 온 몸이 찡했다. 엄마 고생 많이 하고 저희 삼남매 대학까지 다 마쳐 결혼까지 다 해 주셨으니 엄마도 엄마인생 살아야 한다고 남편과 딸들이 권해서 입학을 했는데 '참 잘 했구나!'하는 생각이 든다.

교장 선생님의 격려 말씀 한마디 한마디가 내 몸에 와 닿았다. 공부는 연속극 보듯이 재미있게 하라는 말씀에, '그래 못해도 재미를 느끼며 하는 습관을 들이자.'하고 마음으로 다짐을 해 본다.

2시간이 넘도록 식이 거행되는데도 지루하지가 않게 끝나고 반 편성을 하는데 나는 1반이 되었다. 담임 선생님은 이정효 한문 선생님이 되었다. 특강 때 두세 번 뵈었는데 참으로 화끈하게 우리를 지도해 주시는 걸 보고 매우 좋았다.

나는 잘하지는 못하지만 한문을 좋아한다. 그래서 한문 선생님이 좋았다. 선생님이 담임이 되어서 감사합니다. 앞으로 지도에 잘 따르겠습니다.

# 그리운 아버지

신애선

나의 아버지를 마음으로 불러 보지만 웃는 모습만이 내 마음 한편에 남아 있습니다. 아버지와 대화를 해본 지가 벌써 23년이라는 긴 시간이 흘렀습니다.

지금도 떠오르는 모습은 하얀 피부에 바람에 쓰러질 것 같은 비쩍 마른 야윈 모습, 그래서 어머니는 늘 아버지에게 사계절 한복을 곱게 해 입혀 드렸습니다. 한복 바지폭이 넓어도 여름에는 바람이 불면 아버지의 다리가 앙상하게 드러났습니다. 아버지는 혼잣말처럼 장딴지를 어루만지시면서 장딴지가 붙으면 죽는다는데 하시던 쓸쓸한 마음을 그때는 어려서 잘 몰랐습니다. 자식들과 오래 오래 사셔야 하는데 항상 건강이 안 좋으셔서 저희들을 바라보는 눈엔 슬픔이 있었던 것 같습니다. 하지만 어린 시절에는 엄마의 고생하는 모습이 돈을 못 버는 아버지 때문이고, 나도 학교를 다니지 못하고 아버지 대신 오빠와 동생 뒷바라지하는 게 싫었습니다.

매일같이 한복을 곱게 입고 대청마루에 앉으셔서 일을 해야 한다며 쉬지도 못하게 엄마와 저에게 잔소리만 하신다는 마음뿐이었습니다.

어느 날 지게에 물건을 잔뜩 올리시더니 저에게 지고 가라고 하고는 정작 아버지는 빈 몸으로 걸어오실 때엔 아버지가 정말 싫었습니다. 하지만 어머니는 하루라도 더 살아 계셔야 한다며 좋은 음식과 좋다는 보약을 일 년 내내 해 드리셨죠. 아버지는 한 번도 싫다 하지 않으시고 그 쓰던 약을 잘 드셨습니다.

어머님의 정성 덕에 칠순잔치도 잘 하시고 칠십이 세에 저희들 곁을 고요히 주무시는 모습으로 떠나셨죠.

그때 어머니가 아버지께 하시던 모습을 지금은 제가 남편에게 하고 있습니다.

어려서 본 대로 말입니다.

아버지, 저는 이렇게 행복해도 되나 할 정도로 화목하게 잘 지내고 있습니다. 다 아버지 덕분이라 생각합니다.

오늘 저녁 꿈에 한 번 저희 집으로 놀러 오셨으면 합니다.

안녕히 계셔요.

작은딸 애선이 올림

# 거울

이금출

맑게 닦는다
그리운 네 모습 비치라고
마음도 투영되어 너에게 가라고
더 맑게 닦는다

구름도 비추고
산도 비추고
바람도 비추어 네게로 갈까?

가슴에 간직한 작은 나의 거울
밝은 빛 반사시켜
너에게로 쏘일래
그리움이 거울에 비출 수만 있다면.

(2014년 육필문학 백일장 운문 차상 작품)

# 추억의 힘

**서윤환**

새벽에 이불을 당겨 덮으면서도 잠결이지만 슬며시 웃음이 나온다. 불볕 같던 더위도 서늘함에 자리를 내주고 비켜난 것이다. 이 좋은 계절에 가장 잘 어울리는 것이 있다면 그것은 바로 독서. 하지만 나 자신도 실천하지 못함에 항상 아쉽다.

그런데 우연히 읽게 된 책 한 권이 두고두고 나의 마음속 깊이 자리 잡고 있다. 그 책이 바로 박완서의 〈그 많던 싱아는 누가 다 먹었을까〉인데 제목부터가 독특하다 싶더니 아니나 다를까 나의 그 빈곤하고 누추한 어린 시절을 실감케 했다.

작가가 1931년도에 송도라는 곳에서 태어나 3세 때 아버지를 여의고 부유하고 당당한 가정에서 자라며 할아버지의 사랑을 독차지하며 자라 온 성장 과정을 낱낱이 그려 낸 구절구절에 동감이 갔다. 배고픔과 굶주림에 허덕일 그 당시 유식함 덕분에 동네 아낙네의 편지를 대신 써 주시던 어머니. 그때는 그것이 그리도 자랑스러웠다는 내용이 마음 깊이 와 닿았다.

왜냐하면 웬만한 가정에서는 학교를 다닐 엄두도 낼 수 없었기에 나 역시 훌륭하신 어머니라고 여기기 때문이다. 유별나신 할아버지와 어머니 슬하에서 사랑만을 받고 자라던 그녀가 어머니로부터 항상 들어야 했던 말은 오직 하나, "넌 이다음에 공부 많이 해서 신식 여성이 돼라."는 것뿐이었다.

이 말은 아직도 나의 귓전에서 떠나지 않는다. 그런 말이라도 듣고 살아온 작가가 난 한없이 부럽다. 나의 어린 성장 과정에 배움보단 배고픔이 가장 무서운 적이라 생각하였기에 보릿고개인 봄이면 허기를 채우기 위해서 산에 올라 진달래, 풀뿌리, 칡 등 열매를 따 먹었다. 또 그때 먹는 것은 아주 적은 데 비해 노동은 말할 수 없이 많았다.

그래서 그 당시엔 모두 마르고 비만이 없었다. 그러던 어느 날 작가를 그처럼 애지중지 여기시던 할아버지가 운명하셨다고 허겁지겁 교실로 찾아온 어머니가 그렇게도 창피했다는 박완서의 행동에 웃음이 나왔다. 또 마지막 가시는 할아버지를 보면서도 눈물 한 방울이 안 나왔나며 집에 돌아온 어머니로부터 야단을 맞는다. "넌 툭하면 울기 잘하는 년이 어쩌면 할아버지 돌아가셨는데도 눈물 한 방울을 안 흘리냐. 눈물 한 방울 안 흘리는 저깐 년을 그렇게 귀애했을까. 그저 딸년이고 손녀고 계집애 기르는 일은 말짱 헛일이라니까."

왜 그랬을까. 그건 아마도 어린 그녀가 할아버지의 죽음이란 걸 실감하기엔 너무도 어려웠기 때문이라고 난 생각한다. 소설 속 주인공의 유년 시절을 보면서 내 유년 시절이 새롭게 떠올랐다. 내게도 잊히지 않는 할아버지의 모습이 소설을 읽는 내내 떠올랐기 때문이다. 지금 난 그 추억의 힘으로 살아가고 있다고 말할 수 있다.

# 변화된 나

진복성

젊어서 끝을 못 낸 공부를 하려고 양원주부학교에 왔다. 소란하고 때로는 의견이 엇갈리는 학교 친구들이지만, 사람 사는 세상에 나온 느낌이 든다.

자식 키우고 남편 뒷바라지하던 지난날도 보람이 있었다. 하지만 내 나이도 어느덧 60대 중반이다. 이제는 나를 위한 인생을 살아야겠다고 느껴서 대들보 같은 내 자식들의 도움을 빌려서 학교에 입학했다.

남들은 그 나이에 무슨 공부냐고 듣는 나의 기분을 상하게도 하지만 나의 간절했던 배움에의 욕망을 잠재울 수는 없었다. 자식들이 제자리로 떠난 나는 빼꾸기 빈 둥지 같은 텅 빈 마음을 그 무엇으로도 채울 수 없어 심한 우울증과 각종 질병들과 함께 살아가고 있었다.

지금은 좋은 학교에서 열정이 넘치는 담임 선생님과 과목마다 들어오시는 선생님들의 자상하시고 인자하심이 어디에 견줄 수 없을 만큼 깊다.

학급 분위기도 명랑하고 발랄하여 과연 우리들이 60대, 70대 노년에 들어서려는 사람인가 사춘기 소녀들인가 헛갈릴 때가 있다. 정 많은 학우들과 좋은 추억을 많이많이 쌓으면서 열심히 노력 또 노력하여 인생 후반부를 보람 있게 성공시키고 싶다.

끝으로 나의 인생 길잡이가 되어 주고 있는 금쪽같은 내 자식들에게 진짜 진짜 고맙다고 말하고 싶다. 나를 양원에 인도해 주고 성원해 주니까 이 엄마는 그야말로 땡큐다.

# 이준 열사의 삶

**한봉숙**

이준 열사는 조선 말기 순국열사이다. 호는 일성이고 함경북도 북청에서 태어났다. 1907년 고종의 편지를 만국평화회의가 열리는 네덜란드 헤이그로 가지고 갔으나 일본의 방해로 회의에 참석하지 못했다. 이준 열사는 억울하고 분한 마음에 우리나라의 실정을 알리고자 자결하였다. 대쪽같이 곧은 삶을 살아온 이준 열사의 신념과 애국심에 고개가 숙여진다.

분명 이준 열사는 너무나 피눈물 나게 억울했을 것이다. 조국에 돌아와 보지도 못하고 그 울분을 삭이지 못한 채 머나먼 이국땅에서 외로운 죽음을 맞이할 수밖에 없었구나 하고 생각하니 차가웠던 나의 가슴속이 다시 뜨겁게 달구어졌다.

만약 역사적으로 이 일이 성공되었다면 우리의 역사가 어떻게 변화되었을까? 지금의 우리의 모습이 앞서서 나라를 위했던 선조들의 희생과 애국심 덕이라는 것을 새삼 느끼게 되었다.

“천하에 제일 위험한 것은 무식이요, 천하에 제일 위험한 것은 불학이다.”라는 말을 가슴에 새겨 나도 이준 열사의 정신을 본받아서 열심히 노력하고 나의 힘이 닿는 데까지 공부하려고 한다. 오늘을 있게 해 준 그분들께 부끄럽지 않도록 오늘에 감사하며 더욱 좋은 우리나라를 위해 고민하고 실천해야겠다는 생각을 해 본다.

# 거울

최영옥

거울을 본다.
네 마음이 비치나 하고

거울을 본다.
거기에 네 마음이 있나 보려고

알 수만 있다면
천만번 거울을 들여다보련만

그리운 얼굴
알고 싶은 마음

비치는 거울 어디에 있나.

(2014년 육필문학 백일장 운문 입선작품)

# 사랑하는 당신에게

김용진

나는 오늘도 학교에 간다는 마음에 부풀어 있어요. 학교에 갈 준비를 하는 내 모습을 보는 당신의 얼굴도 밝아 보여요. 당신은 나의 동반자이며, 든든한 후원자입니다. 학교에 가는 나에게 매일매일 용기를 줘서 고마워요.

꿈에서나 그리던 학교에 오게 되었지요. 처음에는 너무나 어색해서 무어라 표현할 수가 없었으나 지금은 학급생들이 눈에 들어오고 친해져서 많은 대화를 나누고 있어요. 학교에 나올 때마다 새로운 것을 배우는 재미가 생활의 활력이 되고 있답니다. 어설프게 알고 있던 것을 하나씩 하나씩 정확하게 알게 되어 이제는 자신감을 갖고 대화하게 되었어요. 지금까지 살아온 내 생활 중에서 가장 값진 삶이라고 생각하고 있어요. 오늘의 학교 다니는 시간들이 나의 가장 화려한 추억이 될 거라고 확신합니다.

개인택시를 운영하면서 요즈음은 더욱 신바람이 나고 엔도르핀이

솟아나고 있어요. 운전을 하면서 관광지를 자주 가게 되고 외국인들을 많이 접하는데 언어가 부족해서 엉뚱한 실수를 하게 된 적이 있으며, 우스운 일들도 많았습니다.

하지만 이제는 모든 일에 자신감이 생기고 웃는 일이 많이 생겼습니다. 이렇게 공부를 하다 보니 처음 입학할 때처럼 열정을 갖고 더욱 열심히 공부하겠다고 다짐을 합니다.

변화된 나의 미래의 모습을 상상하며 오늘도 열심히 공부를 합니다.

여보! 곱고 고운 모습은 어디로 가고 이렇게 세월은 흘러 황혼까지 왔네요. 마음씨 곱고 착한 당신, 지나간 세월이 주마등처럼 스쳐 가네요. 오늘날까지 한시도 일손을 놓지 않고 못난 나를 만나 고생만 했는데 고마워요. 말없는 나에게 말벗이 되어주고 항상 웃음으로 나에게 대해 주는 당신! 사랑합니다.

당신의 남편 김용진

# 기다림 이후

안운자

기다림이란 태양이다.

기다림이란 희망이다.

기다림이란 즐거움이다.

기다림이란 지옥이다.

시절이 그런 때라 학교를 제대로 다니지 못했다. 그 시절은 다 그런 거라고 생각했었다. 하지만 젊어서 취직을 하려고 하니 세상이 다 그렇지 않았다. 취직하려는 회사에서 어느 학교 나왔느냐는 물음에 아무 말도 못하고 눈시울만 시큰해서 뛰어나온 일이 한두 번이 아니다.

그러다 시간이 지나 육십이 훌쩍 넘은 지금, 아는 동생의 손을 잡고 양원주부학교에 오게 되었다. 지금 배워서 무엇을 하려나 하면서도 '나도 중학교, 고등학교를 나왔다고 큰소리를 쳐 볼 수 있지 않을까? 혹시 대학교도 다닐 수 있지 않을까?'하는 배움의 욕심이 학교를 다닐수록 생긴다.

이제는 학교에 보내 주지 않으셨던 어머니, 아버지도 용서할 수 있을 것 같다. 이제까지 부모님을 원망했던 마음 때문에 두 분께 너무 죄송하다.

어머니, 아버지! 요즈음 무척이나 행복합니다. 그리고 절 낳아 주셔서 정말로 감사합니다. 이제 중학생, 고등학생, 대학생이 될 딸 안운자를 꼭 응원해 주세요! 사랑합니다.

# 추억을 만들며

박옥순

요즈음 나는 내 인생의 봄을 보내고 있다. 2011년 3월에 양원주부학교에 입학한 것이 엊그제 같은데 어느새 3년이란 세월이 흘러 문해과정 5학년이라는 것이 꿈인지 생시인지 헷갈리는 내 심정을 누가 알까?

3년이란 시간 동안 힘들고 어려운 일이 많았지만 그에 못지않게 재미있고 즐거웠던 일도 많았다. 공부할 때 어려움이 있을 때는 교장 선생님께서 자주 말씀하시는 콩나물시루 이야기를 떠올리며 열심히 공부한다면 실력도 차츰 쌓여 갈 테니 말이다.

자상하게 이끌어 주시는 선생님과 다정한 친구들을 모두 다 행복한 추억으로 보다 즐겁고 보람된 학교생활을 만들기 위해 노력하겠다고 다짐해 본다. 물론 공부해야 하는 과목도 많아지고 교과서 내용도 더 어렵겠지만 선생님의 가르침을 따라 열심히 익혀 열 가지 중 적어도 두세 가지는 머릿속에 입력될 수 있게 하고 싶다.

그리고 학교 행사에도 적극적으로 참여하고 반 친구들과 함께하는 시간도 많이 가져 즐거운 추억을 만들고 싶다. 5학년에 올라와서 낯설고 어색한 친구도 있지만 새로운 마음가짐으로 학교생활을 즐겁게 하다 보면 차츰 익숙해질 것이라 생각한다.

지금의 마음을 끝까지 간직하고, 보다 즐거운 1년이 될 수 있도록 최선을 다하겠다는 다짐을 거듭하면서 학교생활을 더 재미있게 보내기를 다짐한다.

# 그리운 윤순금 선생님께

최영란

선생님!

꿈속에서도 잊을 수 없는 선생님! 건강하게 잘 계시는지요? 지금은 어디에서 어떻게 살고 계실지 아니면 하늘나라로 이사를 가셨을지 소식을 몰라 매우 궁금하고 그리워서 이렇게 편지로 안부를 여쭙니다.

선생님을 늘 그리워하고 있습니다. 제가 처음 뵈었을 때 정말로 예뻤던 선생님! 검정 스커트와 남색 블라우스. 그때에는 미혼이었던 선생님. 얼굴에 붉게 피었던 여드름까지 그 모습 그대로 50년을 제 마음속에 간직하며 살아왔습니다.

지금은 팔순도 넘으셨을 선생님! 보고 싶고 그립습니다.

저는 정동초등학교에서 4학년 때 선생님의 제자였던 최영란이라고 합니다. 지금은 선생님께서 저를 기억하지 못하실지도 모르겠습니다. 선생님과는 고작 몇 개월밖에 공부를 못했기 때문이지요.

제가 갑작스러운 집안 사정으로 초등학교를 떠나게 되었고 강릉으로 이사를 갔습니다.

그때에는 매월 내는 기성회비를 납부하지 않으면 전학을 갈 수 없었는데 제가 그런 학생이었습니다. 몇 달을 학교를 쉬다가 저는 염치없지만 없는 용기를 발휘하여 선생님을 찾아뵈었지요.

제 이야기를 들으시고 저의 형편과 사정을 이해해 주셨고 교무 선생님, 교감 선생님, 교장 선생님까지 설득해 주신 덕분에 저는 전학을 가게 되었지요.

반 친구들 앞에서 얼마나 공부가 하고 싶었으면 이렇게 어린아이가 그 먼 길을 혼자 선생님을 찾아왔겠느냐고 하시면서 영란이를 본받으라고 칭찬해 주시던 선생님! 그때 저는 참 많이 울었지요.

선생님을 잊을 수가 없어서 50년을 마음속 깊이 간직하고 살아왔습니다. 선생님께서 그렇게 도와주셨음에도 저는 끝내 초등학교도 졸업을 못한 채 오늘날까지 살아오다가 최근에 양원주부학교에 다니게 되었습니다. 늘 학교에 다니고 싶었지만 가정환경과 저의 건강 문제로 이루지 못했던 꿈과 배운 것이 없어서 늘 마음속의 눌렸던 서러운 한을 풀어 보려고 열심히 다니고 있습니다.

오늘은 마침 편지쓰기 숙제가 있어서 항상 제 마음속에 그리던 선생님께 편지를 씁니다.

선생님! 뵙고 싶습니다. 꼭 살아 계셔서 제가 양원주부학교를 졸업하고 중고등학교를 졸업할 때까지 응원해 주세요.

드리고 싶은 이야기가 무척이나 많습니다. 선생님을 만날 수만 있다면 지금도 살아 계신다면 꼭 한번 찾아뵙고 맛있는 식사도 대접해 드리고 못다 한 이야기를 다 말씀드리고 싶습니다.

50년 동안 선생님을 그리워하며 유일하게 제가 성함을 기억하는 윤순금 선생님! 사랑하고 존경합니다.

속히 뵈올 날을 기대하며 오늘은 여기서 작별인사 올립니다.

안녕히 계십시오.

2014년 5월 1일<br>선생님의 제자 최영란 올림

# 4부 배움으로 채워가는 아름다움

# 양원은 나의 영원한 등대

**나점순**

양원에 입학한 지가 엊그제 같은데 졸업이 다가오니 가슴이 벅차오릅니다. 지난 4년간을 돌이켜 보니 힘들었던 일, 즐거웠던 일들이 주마등처럼 지나갑니다.

매일 화성에서 서울까지 버스와 전철을 갈아타고 두 시간 넘어 학교에 들어서면 진땀이 났습니다. 등 · 하굣길도 힘든 시간이었는데 늦은 나이에 공부하기란 쉬운 일이 아니었습니다.

글을 읽고 쓰고 셈하는 일이 살림보다 더 어려운 것 같아 포기하고 싶을 때도 한두 번이 아니었고 거기에다가 한자, 영어까지 하려니 머리에 쥐가 날 지경이었습니다. 입학할 때에는 '글을 읽고 쓰면 되지.' 하는 가벼운 마음으로 시작했었는데 말입니다. 그런데 하나하나 배워 나가면서 배우는 기쁨을 맛보았고 더 큰 기쁨을 향해 줄달음질 치고 있는 자신을 발견했습니다.

읽고 쓰기를 넘어 구구단을 외우고 사칙연산에 원의 넓이까지 낼 줄 알게 되니 세상이 달리 보였습니다. 한자도 '하면 된다. 할 수 있다.'라는 말을 되새기며 한자 2급까지 획득했습니다.

입학식 때 대표로 입학선서를 했던 일, 노래자랑 대회와 나의 주장발표 대회에 나가 "될 때까지 하겠다."고 외치던 일, 우리 마포지역에서 봉사하던 일, 수원 자혜학교와 수봉재활원에서 장애인을 돕던 일 등…….

4년 동안 이 나점순은 완전히 양원에서 새롭게 태어났습니다. 넓은 세상이 있음을 깨달았고 내가 앞으로 해야 할 일이 무엇인지 계획을 세울 수 있게 되었습니다. 저의 마음에는 언제나 일성 이준 열사의 말씀이 삶의 등대가 되어 살아 움직이고 있습니다.

"천하에 제일 위험한 것은 무식(無識)이요. 또 천하에 제일 위험한 것은 불학(不學)이니라."

중학교에 진학하여 더 배워야겠다는 마음이 용솟음칩니다. 학문을 더 갈고 닦아서 많은 사람에게 도움을 줄 수 있는 사람이 되겠습니다.

이렇게 낮은 자를 위해 꿈을 갖게 하시고 삶의 지혜를 주시는 교장 선생님, 매일 등·하교 안전지도를 해 주시고 사랑과 격려를 주시는 교감 선생님, 한 자라도 더 가르쳐 주시려고 목이 쉬도록 열변을 토하시는 선생님들이 계셨기에 이렇게 영광스런 졸업을 하게 되었습니다. 머리 숙여 큰절을 올립니다.

힘들 때마다 묵묵히 바라보며 버팀목이 되어 주는 우리 가족, 서로에게 격려하고 다독여 주던 나의 학우들 고맙고 감사합니다. 서로 보듬었기에 이 자리에 함께 할 수 있었습니다. 이 사랑을 마음에 담아 더 큰 바다를 향하여 우리 모두는 손잡고 나아갈 것입니다.

# 졸업을 앞두고

윤효숙

평생 동안 문맹이라는 감옥에 갇혀 살던 내가 머리가 모두 희끗하던 예순 언저리에서 양원초등학교에 입학하였습니다.

한평생 공부 못한 한을 안고 힘들게 살아가던 나에게 막내딸이 엄마의 소원을 풀어 준다며 나의 손을 끌고 온 곳이 바로 양원초등학교였습니다. 두려움과 떨리는 마음으로 교정에 들어서니 내 또래의 많은 친구들이 공부하는 모습을 보면서 어찌나 가슴이 두근거리고 신이 났던지 입학서류를 접수하고 집에 가는 길은 꿈길을 걷는 것만 같았습니다.

가난한 농사꾼의 셋째 딸은 학교에 갈 수가 없었습니다. 가방을 메고 학교 가는 친구들이 너무 부러워 혼자 운 적도 많았습니다. 그런 내가 이제 학생이 된 것입니다.

입학식을 잊을 수가 없었습니다. 나처럼 못 배운 친구들이 많다는 것에 놀랐고 모두 다 배움의 열정에 가득한 눈망울이 놀라웠습니다.

교장 선생님께서 말씀하신 콩나물 이야기는 지금도 잊을 수가 없습니다.

그렇게 시작된 60대의 학교생활은 내 평생의 한을 풀 듯이 열심히 공부하고 학급임원으로 봉사활동도 하며 재미있게 보냈습니다. 내 생애에 처음으로 가 보았던 대통령이 계시는 청와대 견학, 역사의 아픔을 알게 해 준 강화도 견학, 행주산성에서 호령하던 권율 장군의 모습을 현장체험학습에서 보고 배웠습니다.

그뿐인가요. 컴퓨터, 한자 공부, 노래교실, 뮤지컬 관람 등을 통해 우리는 예절을 배웠고 교양을 배웠습니다.

이렇게 웃고 울며 어느덧 4년이 지나 이제 졸업을 앞두고 있습니다. 나에게 모교가 생겨서 좋습니다. 동창생도 생겨서 좋습니다. 그러나 정들었던 학교를 떠난다고 생각하니 너무나 아쉽고 안타깝습니다.

이런 좋은 학교를 세워 공부할 수 있게 해 주신 이선재 교장 선생님 고맙습니다. 그리고 고집쟁이 어른 학생들을 위해 항상 웃으며 가르쳐 주시는 선생님들 감사합니다. 이제 선생님들의 가르침에 힘입어 자신감이 생겼고 열정이 생겨 중학교, 고등학교의 꿈을 꾸게 되었습니다. 졸업하더라도 나의 모교 양원초등학교를 잊지 않는 멋진 졸업생이 되겠습니다.

# 멋진 경험

유성순

양원학교에 들어 온 지가 엊그제 같은데 어느덧 4년이라는 세월이 지나고 벌써 졸업반이라니 정말 너무 빨리 지나 버린 세월이 아쉽습니다.

어느 날 친구의 소개로 양원을 알게 되었습니다.

이것이다 싶었습니다. 어린 시절 배우지 못한 한이 풀리도록 열심히 공부했습니다.

내 이름을 한 자도 못 쓰던 내가 이제는 어디를 가도 내 이름, 집주소, 간판, 버스정류장 등등 글자를 다 읽고 쓸 수 있게 되었습니다. 이제는 내 이름을 한글뿐만 아니라 한자와 영어로도 쓸 줄 압니다. 내가 생각해도 참 기특합니다.

예전에는 동사무소, 구청, 은행에 가면 누구한테 써 달라고 하나 하고 이리저리 두리번거리며 부탁할 사람을 찾곤 했습니다. 하지만 지금은 어디서나 걱정이 없습니다. 병원을 가서도 내 이름, 집주소를 써서 자신 있게 놓고 의자에 딱 앉아 있으면 참 행복하고 좋아서 남몰래 웃음이 나옵니다. 어릴 적에 공부한 사람은 이 기분을 절대로 알지 못합니다. 글을 몰라서 서러움받아 본 사람만 알 수 있습니다.

나의 주장 대회도 참석하여 연사도 돼 보았습니다. 사랑의 자선냄비 봉사활동도 해 보았습니다. 6학년이 되고 나서는 전교 부회장이 되었습니다. 현관에서 하교 지도 봉사를 하고 있습니다. 수봉재활원과 자혜학교를 방문하여 장애자들과 같이 시간도 보냈습니다. 인천 세계 휠체어 농구 대회도 참여하였습니다. 〈사랑해 톤즈〉 뮤지컬도 보았습니다. 수학여행도 정선 영월을 다녀왔습니다.

양원학교가 아니면 어디서 제가 이런 멋진 경험을 해 보겠습니까? 이제 제 눈에는 온 세상이 밝게 보입니다. 나를 이렇게 행복하게 살게 해 주신 분은 바로 우리 교장 선생님과 교감 선생님, 양원의 여러 선생님들이십니다. 진심으로 감사드립니다.

# 양원! 나의 희망

김옥단

졸업! 내가 졸업이라는 말을 하게 되다니 믿어지지가 않는다. 1학년에 입학한 것이 엊그제 같은데 어느덧 세월이 흘러 졸업을 눈앞에 두고 있다. 1학년에 들어와서 며칠 공부를 해 보니 엉덩이가 쑤시고 몸이 갑자기 아프기도 해서 과연 내가 학교를 다닐 수 있을까 하는 생각을 하면서 우왕좌왕하고 망설이기를 몇 번이나 했는지 모른다. 그때마다 선생님들의 포기하지 말라는 격려와 따뜻한 위로의 말씀에 용기를 얻어 조금만 더 참고 해 보자고 스스로를 달래면서 여기까지 오고 보니 무척 잘했다는 생각이 들며 나 자신이 자랑스럽고 대견하다. 학교에 다니기 전에는 은행에 가도 자신이 없고 동사무소에 가도 어떻게 쓸 줄을 몰라 하는 수 없이 다른 사람에게 부탁해서 썼던 일이 너무나 부끄러워 얼굴이 붉어졌다. 더구나 친한 사람들끼리 만났을 때 학교 이야기가 나오면 나는 죄를 지은 것처럼 고개를 숙이고 딴청을 부리기 일쑤였다.

글을 제대로 읽지도 쓰지도 못하던 내가 이제는 자신이 생각해 보아도 참 잘 하는 것 같다. 돌아서면 잊어버린다고 푸념하며 머릿속에 들어가지 않는다고 가슴을 치던 때가 한두 번이 아니었지만 지금은 받아쓰기를 해도 틀린 글자보다는 맞는 글자가 더 많다. 아니 거의 틀리지 않는다. 이제는 내가 잘 할 수 있다고 스스로에게 칭찬을 하면서 마음의 위안을 얻는다.

모두가 나이 많은 우리가 공부할 수 있도록 양원학교를 설립해 주신 교장 선생님과 우리 양원학교의 훌륭하신 선생님들께서 한글, 수학, 한문, 영어, 과학 등 모든 과목을 잘 가르쳐 주셨기 때문이라고 생각하며 감사드린다. 이렇게 깜깜한 암흑 속에서 답답하게 살던 내가 이제는 그동안 갈고 닦은 실력으로 어느 정도 눈을 떴기 때문에 아직 미숙한 점은 많지만 중학교에 가도 공부를 잘 할 수 있을 것 같은 자신감이 생긴다. 어떤 어려움이 있더라도 배움의 끈을 놓치지 않고 열심히 해 볼 생각이다. 교장 선생님께서 늘 말씀하셨듯이 공부를 밥 먹듯이 하면서 하늘이 부를 때까지 열심히 해 보자고 스스로에게 다짐하고 있다. 양원학교는 나의 희망을 이루어 준 곳이다.

# 졸업의 의미

김경옥

졸업을 앞두고 아쉬운 마음이다. 일 년을 돌아보며 남긴 것과 놓친 것은 무엇인가. 많은 생각에 잠긴다.

배움의 기회를 갖지 못했던 우리는 나이도 잊은 채 공부에 빠졌고 웃음 가득한 즐거운 수업시간은 왜 그렇게 빠르게 지나가는지 항상 교실 안에는 열공의 열기로 가득한 소중한 시간들이었다. 우리는 함께 팝송을 부르고 영어 단어도 암송하고 시 낭송과 한자와 철학, 정치, 일본어를 공부하며 내내 행복해했었다.

"언니보다 친구가 더 좋다."시며 환하게 웃던 월화 언니, "도와줄게요." 선뜻 나서 주신 정자 언니, 물심양면으로 후원을 아끼지 않던 정임 씨와 예쁜 금자 씨, 새벽 5시에 일어나 먼 거리를 다니며 공부하던 선희 씨, 품위 단정하고 모범생 진숙 씨, 모든 과목에 최선을 다하는 미자 언니, 학급일지를 담당하는 친자매와 같이 지내는 재순 언니, 종악 언니, 진지하고 반듯한 정녀 언니, 언제나 진심으로

도와주던 미희 언니, 넉넉한 도시락으로 먹이시던 홍례 언니, 맛있는 커피를 사 주시던 연숙 언니, 시를 사랑하는 정희 씨, 사업과 공부를 병행하시는 동자 언니, 슬픔을 딛고 침착하게 공부하시는 덕희 언니, 묵묵히 다가와 옆에 있어 주던 병미 씨, 교양과 미모를 겸비한 인순 언니.

친구들을 폭소와 웃음이 만발하게 만드는 은옥 언니와 혜영 언니, 쌍둥이처럼 단짝 친구인 기정 언니, 윤례 언니들 모두 소중한 잊지 못할 친구들이다.

졸업은 배움의 끝이 아니라 또 다른 시작이며 계속 배우고 공부하라는 종소리가 되어 나의 가슴에 울린다.

"손에서 책을 놓는 순간 그 자리에 머무는 것이 아니라 뒷걸음치는 것이다."라고 말씀하신 교장 선생님의 말씀을 잊지 않고 기억하여 또 다른 시작과 도전을 위해 걸음을 계속하려고 결심을 하였다.

나의 친구들, 학교 교실, 선생님들을 어찌 잊으랴. 졸업을 하면서 아쉬운 마음에 내가 잠 못 이루는 이유이다.

# 보석 같은 지식을 얻으리라

김병미

스산한 바람이 가을을 불러오는지 시원한 가을바람이 분다. 간절히 바라고 바라던 나의 꿈이었던 지식을 얻을 수 있게 한 계절도 가을날이었다.

나는 오 년 전 구월, 처음 양원주부학교에 입학하였다. 사실 나는 그때에 검정고시로 중학교 과정을 마치고 사정이 있어 공부를 더는 할 수 없었다. 처음 남편하고의 약속이 중학교만 졸업하겠다며 허락을 받았었는데 어느 날 우연히 어떤 아주머니들이 고등학교 동창들이라며 모여 앉아 함박웃음을 지으며 고등학교에 대한 추억을 얘기하는데, 그때 나는 정말 부러웠었다. 그래서 '나도 할 수 있는데….' 하는 생각이 들었다.

남편한테 이해도 구하지 않고 혼자서 마음대로 입학하고 나서 남편한테 이해를 구했더니, "당신 하고 싶으면 해요."하는 것이었다. 생각해 보면 남편이 정말 이해심도 많고 배려심도 정말 많은 사람이란 생각이 든다.

그렇게 원하던 학교생활을 마음껏 하게 되어 얼마나 즐겁고 행복한지 모른다. 마치 답답했던 터널을 뚫고 나와 환한 바깥 빛을 보는 것과 같이 삶의 활력이 넘친다.

처음 양원주부학교를 입학하면서는 고등학교 국가 자격증만 받으면 소원이 없겠다 싶었는데 이제는 더 욕심이 생기고 더 많은 지식에 눈이 뜨이며 한자 읽기서부터 고사성어, 활용 간체자, 영어 암송을 받았고 한문 지도사 자격증까지 취득하였다. 이 모든 것을 취득할 수 있었던 것은 우리 학교 유능하신 교장 선생님과 저를 지도해 주신 여러 선생님들의 가르침이 있었기에 가능했다. 선생님들의 은혜에 감사드린다.

사람들은 이제 와서 무슨 공부냐 하겠지만 저에게는 천금같이 소중한 기회이고 늦게나마 이렇게 좋은 학교에 다닐 수 있어 얼마나 감사하고 행복한지 모른다.

어린 시절에 친구들이 학교 가는 모습이 부러워 남몰래 훔쳐보며 교복이 입어 보고 싶어 교복 비슷한 옷을 사 달라고 해서 입어 본 적도 있었다. 그렇게 배우고 싶던 지식을, 마음을 활짝 열고 보석 같은 지식들을 배울 수 있어 얼마나 감사한지 말로는 표현이 안 된다.

그동안 살아오면서 한도 설움도 많았지만 늦게라도 배울 수 있는 곳이 있고 배워가니 아팠던 상처들이 봄눈 녹듯 사라지고 기쁜 날만이 가득하다. 이제 연구부에 올라갈 생각에 마음 설레고 눈시울이 붉어진다.

착한 일도 예쁜 짓도 하지 않았는데 저에게 큰 복을 주셨는지 이렇게 즐겁고 행복한 날들로 채워 주신다니 하느님께 감사드릴 뿐이다. 사람은 시대에 따라 배워야 한다는 말을 들은 적이 있다. 그리고 배워야지만 세상이 넓게 보이며 넓은 세상을 바라볼 수 있다는 생각이 든다.

앞으로 연구부에 올라가면 더 열심히 노력하며 수업에도 마음을 다해서 최선을 다해 배울 것이다.

존경하는 교장 선생님 그리고 여러 선생님들께 진심으로 감사드립니다.

# 여보, 나 졸업해요

**김점선**

학교에 다닌 지 벌써 4년이 되어 졸업을 앞두고 있습니다. 그동안의 학교생활. 공부하면서 힘들었지만 보람과 기쁨, 배려와 소중함을 모두 함께 하기에 가능한 것임을 알게 되었답니다. 중학교 입학할 때 두렵고 떨리고 또 설렘도 있었답니다.

막상 교실에 들어가니 따뜻하게 맞아 주시던 김은숙 선생님…. 예쁘고 여려서 그렇게도 떠들고 하던 우리들 때문에 눈물도 몇 번 흘리던 모습은 지금도 잊을 수가 없답니다. 선생님들 모두가 진정 말로 가르치기보다 따뜻한 가슴으로 우리에게 최선을 다해서 설명하실 때 우리의 눈동자도 빛나곤 했지요. 선생님들 한 분 한 분이 부모님 같아 가끔 짓궂게 "엄마"라고 부르면 당황하시던 모습들……. 잊지 못할 거에요. 처음에는 부끄럽고 창피해서 학교에 다닌다고 말도 못하고 숨어서 다녔지만 이제는 떳떳하게 고등학교 졸업반이라고 말하게 되었답니다.

전철에서 한문시험 공부할 때 누가 옆에 와서 어디서 배우냐고 물으면 일성학교에 다닌다고 학교자랑을 열심히 하면서 친구 분들께 드리라고 홍보지를 꺼내어 주지요. 지금도 제일 생각이 나는 것은 영어 암송입니다. 행정실에 가는 것이 제일 무섭고 두려웠지만 오래도록 잊지 못할 추억일 것 같아요. 지금 생각하니 그때가 행복했어요. 여보! 당신이 새벽마다 교회 가는 길에 당신이 먼저 외우면 나는 따라서 하고 아침마다 열심히 해서 90회를 통과하던 날 하늘에 날아갈 듯 기뻤답니다. 진정 당신도 나의 스승이었지요.

상장 한 장 한 장 받아서 보여 주면 씩 웃으며 "그래도 잘하네."하고 격려해 주었지요. 그 한마디가 다리가 아파도 다닐 수 있는 힘이 되었어요. 지금 풀벌레 소리가 유난히 내 가슴을 두드리네요. 당신이 풀벌레 소리를 좋아하여 어느 오케스트라 연주보다 아름답다고 했지요. 해마다 초가을에 들리는 소리…. 밤 깊은 오늘도 여전합니다. 지금 듣고 있지요?

중학교 졸업 때는 안가도 고등학교 졸업 때는 꼭 참석하겠다고 약속하고서 왜 혼자 두고 잠결에 하늘나라로 떠나셨나요? 그동안 학교 다닌다고 새벽에 나오면 혼자서 식사하고 제대로 돌봐 주지 못하여 미안하다고 말로는 할 수가 없었답니다. 방학 과제를 마지막으로 끝내고 내일 놀러가자고 말하고 먼저 잠자리에 들고서는 다시는 눈을 뜨지 않고서, 이렇게 내 가슴에 한을 남겼나요. 3년 동안 잘 참고서 1년을 기다려 주지 못하고 말 한마디 않고 어느 별 나라에서 내려다보고 있나요.

혼자 있는 이 땅은 온통 어둡기만 하더니 그래도 이제는 조금씩 푸르름도 보인답니다. 대학에 가고 싶지만 당신 도움 없이 자신이 없네요. 그래도 몇 군데 원서는 쓰려고 해요. 그리고 졸업식 날 당신 사진 목에 걸고 함께 갈 거예요. 꼭 보여 주고 싶어요. 씩씩하게 울지 않고 그 자리를 빛낼 수 있도록 지켜 주세요. 고마웠어요.

그리고 선생님들 저희가 숨 쉬는 동안은 잊을 수 없을 거예요. 감사합니다. 사랑합니다. 건강하세요.

# 손등으로 눈물 닦을 만큼

신영숙

언젠가 떠날 줄 알았지만 막상 매일 등교하던 학교를 떠난다고 생각하니 마음이 아려옵니다. 훌쩍 지나간 세월의 아쉬움에 더위도 고마워 아끼고 싶어지는 지금의 제 간절한 심정입니다. 4년 전 매서운 한파가 몰아치던 겨울, 배움에 대한 고픔이 도전병처럼 저를 끙끙 앓게 했습니다. 지금 공부를 시작하지 않으면 평생 후회하며 살아갈 것 같은 두려움이 하루하루 저를 힘들게 했습니다. 며칠간의 망설임 끝에 두 딸과 아들에게 고백을 했습니다. 아이들은 엄마의 아픈 상흔들을 어루만져 주며 든든한 후원자가 되었습니다.

먼 길 돌아 찾아온 행복. 꿈에 그리던 여고생이 되던 날 평생 흘려야 할 눈물을 흘렸습니다. 어떤 날은 너무 힘들어서 무엇을 배웠는지 모른 채 집을 나서며 새벽하늘을 원망하기도 했습니다. 그래도 배운다는 것이 세상에서 가장 기쁜 일이었고 반듯하게 살아가도록 잣대를 만들어 주었습니다. 한 가정의 며느리로, 아내로, 엄마로 또 학생으로 살면서 흔들리지 않으려 마음의 옷고름을 탄탄하게 동여매고 공부만을 위해 가정을 소홀히 할 수도 없었습니다. 집안일을 핑계 삼아 학업을 게을리할 수도 없었습니다.

지금은 인생의 반환점을 돌고 있지만 비 오는 날은 빗물을, 바람 부는 날은 바람을 순리대로 흐르는 세월의 기쁨도 만날 수 있었습니다. 인고의 시간은 아름다운 꽃으로 다시 태어나 대학 진학을 꿈꾸는 여고 졸업반이 되었습니다. 제가 여기까지 올수 있었던 원동력은 많은 선생님들께서 따뜻한 사랑으로 지도해 주신 결과라 생각합니다. 만학도의 등불이 되어 주신 선생님들께 대학 합격으로 보답해 드리고 싶습니다.

배우지 못한 상실감에 풋감 같은 초록멍이 든 제 마음도 이젠 그 멍이 노을에 잠긴 바다같이 가을볕에 익은 홍시처럼 아픔의 흔적을 지우려 합니다. 일성인으로서 절망의 바위 위에 희망의 돌꽃 한 송이를 피워 가장 낮은 곳에서 있는 사람. 가장 힘든 일에 앞장서는 사람으로 거듭나겠습니다. 힘들고 긴 여정 속에 삶의 버팀목이 되어 준 가족들과 동병상련의 아픔을 함께 한 학우님들께 고마운 마음 전하고 싶습니다. 우리 서로를 의지하는 나무들처럼 늘 그 자리 지켜 주시고 삶이 다하는 그날까지 울타리가 되어 주세요. 저 또한 따뜻한 사랑을 나누어 줄 수 있는 나무가 되도록 노력하는 사람이 되겠습니다. 선생님, 그동안 행복했습니다. 그리고 고맙습니다. 잊지 않겠습니다.

"손등으로 눈물 닦을 만큼요."

일성여자중고등학교에 계시는 모든 선생님께 머리 숙여 감사드립니다.

"사랑합니다."

# 나의 꿈! 나의 인생!

원영숙

담쟁이 넝쿨이 푸르게 덮인 교정의 담벼락을 보다 갑자기 지난날이 주마등처럼 스쳐 가 눈물이 난다. 친구들보다 못 배운 설움과 아픔으로 그늘진 청소년기를 보내고도 모자라 어른이 되어서도 못 배운 한을 가슴에 안고 나는 늙어지고 있었다.

4년 전 봄이었다. 컴퓨터나 배워 보겠다고 찾아온 길이 내 인생을 완전 리모델링하는 계기가 되었다. 한문을 배워서 이름 석 자 안 보고 쓰게 되었고, 영어도 답답하지 않게 읽고 뭔 소리인지도 알게 되었다.

처음 학교에 올 때는 나이가 많아 중학교 공부를 한다는 것이 쑥스럽기도 하고 창피하기도 했다. 그러나 하루 이틀 지나다 보니 세상에 재미있는 것이 공부라는 걸 알게 되었고 학교에 오니 나보다 나이가 많으신 언니 같고 엄마 같은 학우님들과 우정을 키워 가는 것이 더 재미가 있었다. 뭐가 재미가 있는지 눈만 마주쳐도 웃음이 나왔고,

세상사 시름이 주고받는 웃음소리에 다 달아나 버렸다. 나보다 엄마 같은 언니들은 처음에 학교에 와서는 공부가 힘들다며 못한다고 엄살을 피우더니 이젠 공부의 달인이 되어서 영어 암송, 컴퓨터 자격증, 한자급수 다 따서 아예 한자 지도사 과정까지 마친 학우도 있었다. 그 모습에 나도 따라 열심히 하다 보니 어느새 공부의 맛이 뭔지 느낄 수 있게 되었다.

곧 일성여고를 졸업하니 세상의 중심에 선 듯 자신감이 생겼다. 학급의 급훈이 "당당한 여성이 되자."였는데 어느새 나는 당당한 여성이 되어 있었고 격이 있는 사람이 되어 가고 있었다. 뭔지 모르게 내가 성숙돼 보이고 눈빛도 차분해 보이고 지적인 여인이 되어 있었다.

일성에 와서 문예반 글쓰기 공부를 하면서 시와 수필집을 가까이 하게 되었고 각종 글쓰기 대회에 참가하여 상도 원 없이 받아 보았다. 배움이란 사람의 내면세계와 외면세계를 다듬어 가는 수행의 길이 아닌가 하는 생각이 들었다.

내가 처음에 일성에 왔을 때 발에 흙이 잔뜩 묻은 쪽파 한 단에 지나지 않았다. 그런 내가 일성의 훌륭하신 선생님들과 교장 선생님께서 주마다 전해 주시는 〈지혜롭게 사는 덕목〉으로 나는 서서히 몸에 흙이 털어지고 떡잎이 벗겨지고 하얗고 단단한 몸으로 변신하였다.

학교에 와서 이런저런 다양한 봉사에 참여하다 보니 적극적인 학교생활을 인정받아서 학생회장단에 입후보하여 당선이 되어 회장단으로서 막중한 소임을 성실히 해 나가기도 했다. 학교생활의 각종 봉사를 통해 아무리 어려워도 세월 속에 흘러가는 강물처럼 다 함께 어우러져 흘러가는 법을 배웠다.

이제 여고 3학년 끝자락에서 대학교 수시원서를 쓰면서 여기까지 오기를 얼마나 갈망했는지 진한 감동으로 가슴이 먹먹해진다.

푸른 초원에 야생마 같은 나를 잘 다듬어서 대학 수시원서까지 쓰도록 가르쳐 주시고 길을 열어 주신 일성의 모든 선생님들께 깊은 감사를 전한다. 지난 4년 동안 울고 웃었던 일성의 배움의 뜨락은 내 평생, 아니 죽어도 잊지 못할 것이다.

이제 가슴속에 피멍으로 물들었던 배움의 한은 일성에서 4년 동안 다 풀려서 더 이상의 한도 원도 없다.

나의 모교는 평생 공부하며 살아가는 법을 가르쳐 주었고 국화 향기처럼 그윽하게 늙어지는 법도 가르쳐 주었기에 나는 명품여인으로 살 것이다. 이렇듯 멋지게 내 인생을 교육을 통해 리모델링해 준 나의 일성 나의 모교 사랑합니다.

나의 꿈을 이루게 해 주시고 내 인생을 바로 잡아 주신 일성의 모든 선생님과 교장 선생님, 일성의 교정, 작은 나무와 풀 한 포기까지에도 감사를 전한다. 일성여자중고등학교! 나의 모교! 사랑하고 존경합니다.

# 이별의 길목에서

**최명례**

나는 55년 전 전라도 작은 시골마을에서 태어나 어릴 적 꿈은 시집 가서 아이들이랑 오순도순 알콩달콩 현모양처가 되는 것이 꿈이었다. 지금 생각해 보면 꿈은 이루어진 것 같다. 아들 하나에 딸 하나에 밥은 먹고 살았으니…….

그러던 어느 날 몸이 아파 병원에 입원해 큰 수술을 받고 죽기 전에 해 보고 싶었던 것들이 무엇인가 생각해 보니 그 첫 번째가 '배움'이었다. 어느 정도 몸의 회복과 함께 딸아이가 일성의 원서를 접수해 중학교에 입학하게 되었다.

중학교 입학식 전날, 옛날 국민학교 소풍가던 날과 함께 추억들이 주마등처럼 지나 잠이 오지 않았고 이리저리 뒤척이며 새벽을 맞아 막연한 두려움을 안고 식장에 들어섰을 때, 나와 같은 사람들의 열기에 놀랐으며 학교에 오니 매시간마다 열정적으로 가르치시느라 애쓰시는 선생님들의 수고에 다시 한 번 놀라 단 한 번도 결석 없이 2년의 시간을 잘 마무리하고 고등학교에 입학했다.

고등학교 입학식은 설렘과 꿈과 희망으로 마친 것이 엊그제 같다. 어떻게 지나갔는지 모르게 새롭고 신비로운 세상을 구경하며 정말 '나도 여고생이구나.'하는 감격에 눈물을 흘리고 잠깐 지났는데 벌써 '졸업'이다. '졸업'이라는 단어 앞에 서럽게 목이 멤은 또 다른 꿈이 있고 희망이 있기 때문이라고 스스로 다독거리며 눈물은 잠시 접어 두려 한다.

뒤돌아보면 저마다 구구절절의 사연도 많고 자라온 환경, 배경, 나이까지도 다른 사람들과의 관계로부터 시작해 화이부동을 배우고 몸소 실천하며 '하면 된다.', '언젠가는 할 수 있다.'는 끈기로 성취를 맛보며 실제로 체험했으니 그 무엇과도 바꿀 수 없는 이 얼마나 값진 4년간의 세월인가. 책 속의 문제를 푸는 것 외에 배운 이 모든 것들까지도 앞으로 내가 살아가는 길에 가장 값진 보석이 아닐까 싶다. 열정적인 선생님들을 한 분 한 분 떠올리니 그저 감사함에 목이 메고 고개가 저절로 숙여짐은 당신들 한 분 한 분이 계셔서 일성이 아름답게 빛나고 있으며 앞으로도 더욱더 빛날 것이다.

이 모든 것을 믿어 의심치 않으며 선생님들의 노고에 힘입어 졸업 후에도 일성에 누가 되지 않도록 최선을 다하며 열심히 살아갈 것을 약속드린다. 늘 건강하시기를 빌며 끝으로 밤에 나가 열심히 일하고 새벽에 들어와 따뜻한 밥에 예쁘게 계란말이 도시락을 싸 주고 청소에 세탁까지 도맡아 준 남편, 아침에 회사 출근하며 엄마를 태워 학교까지 통학시키며 거리 간판들의 영어를 읽어 보라고 늘 긴장시키며 격려해 주는 아들과 딸에게 다시 한 번 고맙다는 말을 전하며 졸업소감문을 마친다.

# 나의 꿈을 실현하기 위해

**박방순**

결혼을 하고 자식을 낳아 기르고 가르치고 적당한 만큼의 여유를 갖고 살아도 마음 한구석 허전함과 무엇인가 잃고 있다는 생각을 떨칠 수가 없었다. 어딘가 비어 있는 듯한 그 무엇이 '앎'이었다. 배움에 대한 열망이었다. 동생의 권유로 배움의 길을 찾았을 때 얼마나 기쁘고 마음 벅찼는지 모른다. 내 나이 63세, 이 나이에도 불구하고 공부를 할 수 있다니 참 좋은 세상이다.

내 나이 15살 때 중학교에 가기 위해 그 아끼던 긴 머리카락을 자르고 증명사진도 찍고 했었는데 갑자기 가세가 기울어 중학교에 가는 것을 포기해야 했었다. 지금의 내 삶은 그때와 다르다. 마냥 즐겁고 설렌다.

중학교 입학할 때 교장 선생님의 좋은 말씀에 더욱 힘이 생겼다. 친절하고 자상한 교장 선생님과 선생님들이 계시는 학교에 부푼 꿈을 안고 첫 등교를 하던 날이 엊그제 같은데 벌써 고등학교 3학년 마지막 학기다. 세월은 유수와 같이 참 빠르다.

영어 단어와 한자 시험공부 하느라 밤을 새우고 본의 아니게 가족들에게 소홀해졌다. 그렇지만 그럼에도 불구하고 나를 참 많이 이해하고 격려해 준다. 퇴근하는 남편은 나의 공부하는 모습이 좋다며 우리 집에 판검사 나겠다고 조크도 한다.

지금까지 수학하는 동안 그저 즐겁기만 했던 건 아니었다. 팔에 금이 가 한참 동안 고생도 했고 나쁜 시력 때문에 어려움도 많았다. 나름의 우여곡절들 때문에 너무나 힘들어서 한때는 중도 포기를 생각한 적도 있었다. 그럴 때마다 담임 선생님께서 따뜻한 마음으로 격려해 주셨다.

심신의 통증이 심해도 좀 더 참고 인내하고 노력해서 일성을 거쳐 간 선배들처럼, 그리고 처음 공부 시작할 때 마음먹었던 대로 고등학교 마무리 잘 하고 대학교도 진학하고자 한다. 그래서 토끼 같은 손녀들 가르쳐서 자랑스런 할머니가 되어야겠다. 그리고 사회 지식인이 되어 지식을 바탕으로 사회 발전에 기여도 하고 싶다. 꿈은 이루어진다고 하지 않았는가! 나는 사회복지학을 전공하여 이 사회에 기여할 것이다.

학교에 등교할 때 많은 사람들을 전철 안에서 볼 수 있다. 특히 노인들이 많다. 그 분들을 위해 그 분들이 만족스러운 삶을 살도록 돕기 위해 노력할 것이다. 아침저녁으로 제법 선선한 기운이 느껴지고 며칠 있으면 추석이다. 이번 추석 때는 선명한 보름달을 볼 수 있다고 하니 나의 꿈이 이루어지게 해 달라고 소원을 빌어야겠다.

# 모두가 결실의 기쁨을

이영순

어김없이 추석은 돌아왔다. 마른장마 부르기에도 낯선 장마를 보낼 때만 해도 달갑지 않은 기후 변화에 대해 덩달아 목소리를 더했다. 사계절에 삼한사온 뚜렷하던 계절이 이대로 사라져만 가는 것은 아닌가 하는 조바심이었는지도 모르겠다. 하지만 올해도 어김없이 추석이 찾아왔다.

예년에 비해 이른 명절이지만 반가움은 어쩔 수 없다. 가늠할 수 없는 날씨 탓에 과일이나 곡식이 제대로 익을까 걱정이 된다. 그래서 절기는 절기일까. 어찌 때를 맞추는지. 그 바쁜 계절의 변화에도 자연은 우리에게 풍성한 시기를 선사하고 있다. 이럴 때면 정말 신이건 하늘의 어떤 존재이건 그저 감사한 마음을 보내기 바쁘다.

올해는 그동안 돌이켜 보면 어느덧 십여 년에 가까운 시간을 보낸 양원, 일성학교와 이별을 준비해야 하는 해이다. 어쩌면 그동안 때마다, 자연스레 건너뛰어야 하는 통과의례처럼 학년이 바뀌면 지난 시간을 돌이켰었다. 그렇지만 올해는 그리 간단히 끝내지 못할 듯싶다.

공부라는 것이 언젠가, 아니 늘 가슴 한편에 아픔으로 다가왔었다. 어릴 때, 배우지 못해 겪어야 했던 아픔들. 더 가슴 아픈 일은 내가 무엇을 아파해야 하는 지도 모를 만큼 그저 막연하게 부모 탓만을 해야 하던 시절이 있었다. 그런데 그랬던 내가 지금 여기서 고등학교 졸업을 준비하고 있다.

돌이켜 보면 꿈만 같다. 그렇다고 쉽지도 않았다. 내색을 할 수는 없었지만 늘 떨렸고, 잘 할 수 있을까를 걱정해야 했고 누가 뭐라 하는 것도 아닌데 눈치를 봐야 했다. 그것은 배우지 못한 것에 대한 자책일지도 모르겠고 달뜬 설렘일지도 모르겠다. 늘 고맙고 늘 그립고 늘 미안함이 덩달아 드는 묘한 시간들이었다.

이곳에 와서 많은 사람을 만났다. 많은 사람을 본 것만큼 많은 사람을 사귀고 가지 못하는 것은 아쉬운 일이다. 그래도 어디에 가서도 만나지 못할 소중한 인연을 이곳에서 만났다. 양원초등학교, 일성여중, 일성여고. 이곳에서 만난 사람들은 내게 늘 소중하고 귀한 사람들이다. 본의 아니게 눈만 마주치고 많은 대화를 나누지 못한 동기생들에게 미안한 마음을 담아 사랑한다고 말해 주고 싶다.

아직 적지 않은 시간들이 남아 있다. 우리들은 대학을 가기 위해, 그동안 우리들 가슴을 짓누르던 저마다의 아픔을 씻어 내기 위해 더 큰 도전을 할 것이다. 마지막 학기가 남아 있고 난생 처음 대학에 지원서를 내는 경험도 하게 될 것이다. 누군가는 꿈을 이룰 것이고 또 누군가는 아쉬운 마음에 허전함을 느낄지도 모르겠다. 그래도 여기까지 함께 한 동기들에게 감사한 마음을 전하고 싶다.

초등학교만 졸업하면 까막눈은 면했으니 그만하면 됐다. 아니다. 중학교까지는 가 보자. 아니다. 여기서 멈추는 것은 아쉽다. 고등학교까지 가 보자. 이 마음으로 지금 이 자리에 있는지도 모르겠다. 물론, 가족의 힘도 컸다. 가족이 없었으면 지금 이 자리까지 오지 못했을 것이다.

고마운 사람들은 또 있다. 양원초등학교, 일성여자중학교, 일성여자고등학교. 늘 그곳에서 우리처럼 배움에 목말라 하고 배우지 못해 가슴에 응어리를 안고 있던 이들에게 따스한 손을 내밀던 고마운 선생님들이 함께 했다. 자식과 가족 이외에 이처럼 따스한 마음을 선생님들이 함께 했다. 자식과 가족 이외에 이처럼 따스한 마음을 내 준 고마운 분들이 또 있을까 하는 생각을 하니 가슴 한편이 먹먹해진다.

모두가 정말 고맙다. 모두가 정말 감사하다. 모두 무척 사랑한다고 말하고 싶다. 늘 곁에서, 그리고 뒤에서 이끌어 준 선생님들께 진심으로 고개 숙여 감사한 마음을 담아 큰 절을 올리고 싶다.

감사합니다! 사랑합니다! 영원히 잊지 않겠습니다!

일성여자고등학교 동기들, 담임 선생님, 교장 선생님, 모두 사랑합니다!

# 고맙고 감사한 학창시절

**차목순**

꽃샘바람에 추위에 떨며 들어선 학교에 일성여고 간판을 쳐다보며 감격했던 일이 어제 같은데 벌써 졸업을 앞두고 있다. 처음 학교에 들어서며 잘 할 수 있을까? 두려움과 설렘…. 담임 선생님과 처음 인사할 때의 경이로움. 동그랗고 예쁜 눈매의 선생님은 그동안 나의 걱정을 모두 없애기에 충분했다. 다정하고 예의바르고 천사 같은 모습에 학교에 오기를 잘했다고 생각했다. 나 자신에게 칭찬해 주며 학교생활도 열심히 하기로 다짐했었다.

그동안 남모르게 공부 못한 설움에 눈물도 많이 흘렸다. 시험에 도전하고 싶어도 고졸 이상이라는 말에 실망하며 돌아서기도 하고 취업하기도 쉽지 않아 마음고생도 많이 했었다. 그래서 나의 자녀들한테는 책도 많이 읽도록 하였고 일기를 꼭 쓰도록 하여 문장력도 길러주었다. 다행히 어려운 가정에서도 잘 성장하여 엄마의 공부를 돌봐주니 고맙기도 하다. 이제는 내가 하고 싶었던 그림 공부도 마음껏 하고 싶고 자원봉사할 수 있는 사회복지사 자격증도 따고 싶다. 꼭 대학에 가서 배움을 계속하고 못 배운 한을 하늘에 날려 보내고 대학 나온 할머니 소리도 듣고 싶다.

2년 동안 같이 공부한 나의 짝 금성이한테도 감사한다. 서로 진정한 친구가 되어 삶의 동반자가 되도록 다짐해 본다. 소녀 시절의 감성을 느낄 수 있었고 하루하루가 소중한 날이었다.

봄날의 창밖에 벚꽃을 보며 지금의 기쁨과 행복을 큰 선물이라 감사하며 행복했던 봄날이 지나고 한 계단씩 오르던 4층 우리 반 교실도 새삼 정겹고 다목적실에서 교장 선생님의 훈화도 생각이 나겠지. 영어 말하기 대회로 늦게까지 연습하던 일. 백일장에 나가 글 쓰던 일. 소풍과 수학여행 모두 추억의 한 페이지가 되겠지. 졸업을 생각하니 더 열심히 하지 못한 것에 아쉽고 섭섭하다. 이곳에서 공부한 이 아름다운 시절을 영원히 잊지 못할 것이다.

일성에 선생님들 한 분 한 분 진심으로 감사하고 존경합니다. 우리의 진정한 스승이십니다. 앞으로도 오늘 하루를 소중하게 여기고 평생을 배우며 살겠습니다.

# 고등학교의 결실

박옥재

설렘과 기대 반으로 입학식에 참여하여 동변상련의 학우들을 만나 서로를 의지하며 시작한 학교생활이 이젠 졸업을 앞두게 되니 감회가 새롭다. 학교에 들어서자 교실 복도에 붙어 있는 관왕을 하신 학우님들의 모습들을 보면서 나 역시 이 대열에 꼭 함께 하리라고 마음속으로 다짐했었다. 긴 학교생활은 힘든 때도 많았지만 최선을 다해 얻어 낸 결실들은 관왕이라는 모습으로 자랑스럽게 얼굴을 내밀고 있다.

난 학창 시절의 마지막인 여름방학을 나의 소중한 체험으로 시작하기로 했다. '아동 돌봄 전문가 양성교육'이라는 타이틀에 도전을 한 것이다. 이력서의 학력란에 "일성여자고등학교 3학년 재학 중"이라고 당당히 기재하고 통보를 기다렸다. "축하합니다. 합격입니다."라는 통보는 체험학습의 과정을 익혀 가게 한다. 선발되신 분들의 경쟁률과 대학 졸업 100%라는 사실을 알았다. 난 흐뭇함을 감출 수 없었다. 4년이라는 시간은 경쟁력을 갖출 수 있는 기회의 발판이 되었던 것이다. 그들과의 어깨를 나란히 할 수 있다는 사실 하나만으로도 뿌듯했다.

나의 삶의 여정에 일성을 만난 것이 축복으로 다가온 것이다. 난 여름휴가를 포기하고 하루도 빠짐없이 교육을 받았다. 초등학교 방과 후 현장실습을 통해 애들과 소통한 부모 자녀 아이들의 성장과정 등 새로운 경험을 하게 되었다. 교육받는 중에 자격증 시험을 볼 때면 학교의 연장이라 공부하는 법은 이미 터득이 되어 있어 자신이 있었다. 독서 지도사 자격증 시험을 마지막으로 보고 오늘은 종강과 함께 수료증과 자격증을 받았다.

나는 그동안 나의 진로를 놓고 고민을 많이 했었다. 이젠 나의 대학의 길이 정리가 된 것 같다. 사회복지학과를 진학해 나의 열정을 쏟고 싶다. 현장학습을 통해 얻게 된 소외된 아동들의 보육을 돕는 보육교사의 길을 가고 싶다. 그리고 나이가 더 들어 기력이 쇠잔해질 때면 공부는 하늘이 부를 때까지 밥 먹듯이 해야 한다는 교장 선생님의 말씀을 부여잡고 방송통신대 문예창작과에 진학해서 맑고 고운 글을 접하며 살아가겠노라고 다짐한다.

오늘의 이런 날이 있도록 희망의 길을 열어 주신 교장 선생님께 감사의 인사를 드립니다. 그리고 언제나 저희들을 눈높이에서 지도해 주신 여러 선생님께도 감사를 전합니다.

# 은혜로웠던 고등학교 생활

정혜숙

설렘과 기대를 안고 일성여고에 입학하여 어느덧 졸업이 다가오니 학교에서의 지나간 시간들이 떠오르며 감회가 새로워집니다. 돌이켜 보면 처음엔 학교 방침이나 교과목 등에 적응하느라 여념이 없는 중에 여러 행사 등에 참여하며 바쁘게 지내느라 나이를 잊고 살아온 듯합니다. 이제는 학교에서 실시하는 교내의 행사나 한자, 토셀, 중간고사 등 여러 시험이나 수행평가에도 익숙해지고 걷기, 견학, 체험학습, 수학여행 등의 교외활동을 폭넓게 경험할 수 있어 떠올리는 것만으로도 즐겁고 흐뭇한 추억이 됩니다.

그동안 열심히 공부하고 경험하면서 힘차게 달려왔는데 '졸업'이 성큼 다가와 대학(사회)의 문 앞에 서게 되었습니다. 여태까지는 학교의 울타리 안에서 선생님의 보호 속에 진도에 맞춰 학습하고 생활해 왔는데 앞으로는 공부나 인생을 스스로 설계하고 개척해 나가야 할 것입니다.

일성여고의 입학은 지금 생각해도 제가 선택한 가장 잘한 일 중의 하나인데 그로 말미암아 인생의 전환이 되는 계기가 되었으며 미래의 삶의 모태가 되어 도약의 발판을 마련하게 된 소중한 인연으로 대학에 진학하거나 사회인으로서 일을 하게 되어도 일성인으로서의 자부심과 긍지를 갖고 당당하게 살아갈 것입니다.

졸업을 맞이하여 '지혜롭게 사는 덕목'의 말씀 잘 새기며 평생 공부하는 자세로 현실을 제대로 직시하고 판단하여 제가 희망하는 길을 향해 꿋꿋이 나아갈 것입니다. 여러모로 정성으로 이끌어 주시는 교장 선생님, 담임 선생님, 일성의 모든 선생님들께 머리 숙여 깊이 감사드리며 베풀어 주신 은혜 잊지 않고 깊이 간직하겠습니다. 고맙습니다.

# 단풍잎 곱게 물든 교정을 떠나며

**손정숙**

4년 전 유난히 뜨겁던 어느 여름날 딸과 함께 일성학교를 방문했다. 못 배운 한 때문에 수십 년 동안 늘 움츠러들어 있었고 부끄러움이 나를 위축시키곤 했었다. 이런 나를 보던 딸이 인터넷에서 '일성'이라는 학교가 있으니 방문해 보자고 하였다. 얼마 후 나는 딸과 함께 학교를 찾아갔다.

8월의 더운 여름날, 공덕 전철역에서 내려 뜨거운 태양이 내리쬐는 언덕길을 땀을 뻘뻘 흘리며 올라갔다. 학교는 방학 중이었는지 일요일이었는지 학생들은 보이지 않았다. 교무실 앞에서 망설이고 있는데 딸이 교무실 안으로 들어갔다. 그때 교무실 안에서 "어머님 들어오세요."라고 하시며 선생님 한 분이 나오셨다. 그 분이 바로 정선숙 선생님이셨다. 그날은 그냥 방문해서 상담만 받으려 하였으나 친절하게 안내해 주시고 용기를 주신 덕분에 접수까지 하고 오게 되었다. 이렇게 벅찬 가슴을 안고 배움의 길이 시작되었다.

설레는 마음으로 일성의 교문을 들어선 지가 엊그제 같은데 벌써 졸업이라니. 자연을 거스를 수 없듯이 어느 틈엔가 슬그머니 가을이 다가왔다. 이제 곧 단풍도 곱게 물들고 하얀 눈이 내리는 겨울이 지날 때쯤 우리는 정들었던 이 교정을 떠나야만 한다.

졸업을 한다는 생각을 하니 지난 4년간의 시간이 주마등처럼 스쳐 지나간다. 처음 입학할 때에는 이렇게 늦은 나이에 공부를 제대로 할 수 있을까 하는 두려움이 들었지만, 그렇게 들어선 그 교실에서 다양한 친구들을 만났고 언니 동생하며 같은 마음으로 서로를 이해하고 보듬으며 행복한 추억을 쌓으며 지내왔다.

수십 년 동안 쓰지 않아 녹슬었던 머리로 공부를 하려니 어려움도 있었다. 때로는 해야 되는 것이 왜 이렇게도 많으냐고, 주부들을 왜 이렇게 많이 시키느냐고 투덜댄 적도 있었다. 그럴 때마다 선생님들은 우리들을 다독이며 격려해 주셨다. 우리보다 어린 나이임에도 불구하고 어버이 같은 마음으로 보살피고 이끌어 주신 여러 선생님의 그 은혜는 평생 잊지 못할 것이다. 수업시간마다 잘 알아듣지 못할 때도 반복해서 설명해 주시고, 이해하도록 열정적으로 가르쳐 주신 여러 선생님들의 노고 덕분에 무사히 일성여자중고등학교를 마칠 수 있게 되었다.

일성에서의 4년간은 나를 자부심과 자존심이 높은 사람으로 만들어 주었고, 도전정신과 긍정적인 마음을 갖도록 해 주었다. 지난날 배우지 못해 가슴 한 쪽이 시렸던 세월이 일성을 통해 따뜻해지고 아픔이 치유되었다. 그동안 열심히 노력한 끝에 졸업을 하게 되어 내 자신이 뿌듯하다. 이젠 졸업한 후에도 무엇이든 할 수 있다는 용기가 생겼다. 이 모든 것이 가능하도록 열정과 헌신으로 이끌어 주신 일성의 모든 선생님들께 감사드리며 일성을 위해 평생을 헌신하신 교장 선생님께도 감사를 드린다.

# 학교생활 4년을 마무리하며

이기남

나는 막연하게 공부를 해야 한다는 생각을 항상 하고 살았다. 그러던 중 나는 남편과 자녀, 며느리에게 학교를 가겠다고 조심스럽게 말을 했다. 4년 전에 일성여자중학교에 등록을 했다. 오전반으로 했다. 오후반도 있다는 말을 흘러가는 말로 아들에게 했는데, 아들이 내심 오후반으로 가길 원했다. 손자, 손녀가 있는데 나를 무척 좋아하는지라 떼놓고 학교 오전반을 가기에 내심 마음에 걸렸던 것도 사실이다. 행정실에 가서 오후반으로 옮겨 달라고 부탁을 드렸더니 흔쾌히 허락해 주셨다. 드디어 오후반으로 중학교를 다니게 되었다. 그런데 1년도 되지 않아서 우리 며느리가 제주도 발령을 받아 제주도로 가게 되었다. 우리 아이들을 아침에는 어린이집 보내 놓고 오후에는 수업을 1시간 못하고 계속 뛰면서 이대입구까지 간다. 2호선 타고 홍대로 가서 공항 철도로 갈아타고 집에 오기 전에 어린이집에 가면 우리 아이들 둘만 남아 있다.

"할머니, 해님 있을 때 오라고 했지, 누가 해님 자러 가고 달님 나왔을 때 오라고 했어?"

그리고 손녀딸이 울 때가 한두 번이 아니었다. 그렇게 울 때는 계속 학업을 이어 가야 하는지에 대한 갈등을 정말 많이 하게 된다. 그러나 나의 배움의 갈증을 포기할 수 없었다. 결석도 한 번도 하지 않았다.

그러다 보니 벌써 4년이 지나고 지금 고등학교 졸업만이 남아 있다. 고3이라는 자리에서 졸업을 생각하면서 졸업 소감을 쓰게 되니 감개가 무량하다. 처음에 중학교 입학했을 때 교장 선생님께서 하신 말씀이 생각이 난다. 콩나물시루 하나 들고 말씀하셨다. "콩나물에 물을 주면 물은 빠져도 콩나물은 자란다."라고. 지금은 그 말씀이 가슴에 와 닿는다. 뚜렷하게 잘하는 과목은 없지만 정성을 다해 가르쳐 주시고 이끌어 주시는 선생님들이 계시기에 4년을 무사히 다닐 수 있었다. 우리 학교 교장 선생님과 모든 선생님께 고개 숙여 감사드린다.

# 제3의 인생

최정자

시간이란 운명의 바다 위에 내 인생의 조각배는 무겁게 떠다니며 비바람, 거친 파도와 맞서 싸웠다. 그렇게 2년이 흘러갔다. 평생 달고 살아야 할 기관지염, 지난겨울 나에게 다가온 대상포진, 이어서 척추수술 2개월의 고통, 연이어 걸린 알레르기 병, 온 몸이 가려워 약을 먹으면 쏟아지는 잠, 기말고사를 볼 때마다 몽롱한 정신을 더 강하게 가다듬어야 하는 이 고통, 이것은 지금도 계속되고 있지만 기차는 계속 달려 종착에 가까워졌다.

입학이 엊그제 같은데 벌써 졸업이라니……. 세월은 화살 같구나! 연못가의 풀들은 아직 봄꿈을 깨지도 않았는데 뜰 앞의 오동나무 잎에는 벌써 가을 소리가 들린다. '무정한 세월은 흐르는 파도와 같구나.'라는 주자의 권학시 한 구절이 생각난다. 외워도 외워도 잊어버리는 영어와 한문, 설명을 들으면 이해는 되는데 입력이 고비인 수학과 과학들……. 무거운 가방을 메고 왕복 4시간의 통학거리. 전차 속에서 시달리고 병마와 싸우면서 공부에 공부를 거듭했던 시간들이다.

"나는 공부한다. 그러므로 나는 존재한다. 나는 공부하는 갈대다." 이렇게 바꿀 수 있을 것 같다. 나는 공부하지 않으면 하찮은 갈대가 될 것이다. 그러나 계속 모자란다. 모자라는 듯한 여백, 이 여백이 기쁨의 샘이기도 하다.

"인생은 노력의 연속이다. 쓰디쓴 노력이 끝나면 달콤한 열매가 찾아온다."는 격언을 생각하며 나는 계속 노력할 것이다. 너무도 힘들었던 2년, 꿈처럼 지나 버린 일성여고 비탈길, 항상 내 건강을 염려해 주신 이윤주 학급경영자 선생님, 최윤성 학급경영자 선생님, 언제나 친절하고 웃기는 고형구 컴퓨터 선생님, 하나라도 더 가르치려고 고심하시는 교장 선생님, 수업시간마다 열과 성의를 다하여 우리를 가르친 선생님들 진심으로 고맙습니다. 매일 오르내린 전철역 계단들, 날마다 인산인해를 이루는 왕십리역, 매일 가방을 메고 2호선 신촌역을 오르내린 그 세월 눈 감으면 떠오르는 그리운 거리, 그 사람들, 내 영혼에 점철된 그리운 추억의 영상들, 일성여고 2년의 시련은 끝나지만 내 나이 75세, 그러나 4년의 가시밭길이 또 나를 기다린다. 나는 포기하지 않을 것이다. 기어코 헤쳐 나갈 것이다. 내 인생의 길목마다 줄줄이 서 있는 난관도 나는 극복할 것이다. 나의 모교, 일성여고여! 고마워요, 굿바이.

# 일성여자중고등학교 이모저모

〈졸업장 수여식〉

〈졸업식날 졸업생 감동의 눈물〉

〈입학식 최고령자 꽃다발 증정〉

〈영어말하기대회 영어연극〉

〈수능 최고령자 78세 이선례씨〉

〈제주도 현장체험학습〉

〈제10회 시낭송대회〉

〈제22회 양원노래자랑대회〉

〈제10회 팝송경연대회〉

〈합창부 공연〉

〈국악동아리 공연〉

〈하모니카동아리 공연〉

〈걷기동아리(가평잣향기 푸른숲)〉

〈사진동아리 야외수업〉

# 양원주부학교 이모저모

〈4.19 기념탑에서 견학〉

〈검정고시 합격증서 수여식〉

〈졸업장 수여식〉

〈제8회 팝송경연대회〉

〈여성마라톤(여성걷기대회)〉

〈제22회 양원노래자랑대회〉

〈청와대 견학〉

〈입학식 선서〉

# 양원초등학교 이모저모

〈제9회 나의주장 발표대회〉

〈제8회 동화구연대회〉

〈행주산성 견학〉

〈여성백일장 글짓기〉